# キャッサバの大地

後藤　哲

この作品はフィクションであり、実在する個人、団体等とは一切関係ありません

キャッサバの大地　目次

# 一九七四年　夏

## （一）大海原を越えて

その日もコンクリートの照り返しを受けた東京は茹だるような熱気と喧噪だった。何もかもが焦げ付きそうだ。キャンプで使うあの何の変哲もない背負いの大きなバッグの中には生活に最低限必要な衣類と、向こうでは手に入りそうもない医薬品が無造作に詰め込まれていた。長髪を好んでいたが、向こうでの生活には不向きであろうと、一年以上もつき合ってきた肩まで伸びていた髪ともきっぱり別れを告げ、スポーツ刈りとでも言うんだろうか、熱帯モンスーンにはなかなかお似合いの髪型に、もうすっかり変身していた。モノレールを降り、群衆を押し退けるように大きなバッグが左右に揺れる。小綺麗な服に身を包み、これから外国に飛び立とうとしている人、それを見送りに来た人、それらの群衆はそんな薄汚れた大きなバッグに迷惑そうな視線を寄せる。少々の罪悪感を覚えながらも、旅慣れた顔を敢えて作る。

搭乗時間だ。飛行機の腹には見慣れたグリーンの横文字が見える。それを一瞥して、飛行機に乗り込む。ようやく快適な空間に潜り込むことができた。羽田を飛び立ちホンコンを経由してサイゴンにたどり着くまでにそう時間は要しない。乗換も必要ないし、後はあの東洋一の空軍基地ロンビンの近くに位置するタンソンニャット国際空港に上手くランディングしてくれるのを待つだけだ。

パーサーがやってきた。

「何かお飲みになりますか」

流暢な日本語だ。妙な安心感を覚える。

「ビールを貰おうか、ハイネケンはある」

貧乏学生では滅多にお目にかかれない小瓶のハイネケンのスクリューキャップを開ける。ここにたどり着くまでに結構放出した体内の水分は冷房の効いた快適な空間が癒してくれてはいたものの、琥珀色のその液体は心地よく喉を刺激し、消耗したエネルギーを一瞬のうちに補ってくれる。次はやはりスコッチだ。

「ストレートで頼むよ」

喉から食道を通過する時のあの焼けるような感触をこよなく愛し、胃壁にじんわりと堆積していく様子がまるでX線でも見ているように同時進行していく。ようやくゆったりとした落ち着きを取り戻した。まだ日本では珍しいアルミの袋に入ったアーモンドやヘーゼルナッツをつまむ。どうして西洋人はこんな高カロリー食品を好んで摂り、行く末はぶくぶく太るんだろうかなどとぼんやり考えていると、眼下には高層ビルが迫ってきた。ホンコン名物の、ビルを縫うようにしての飛行、そしてランディングだ。まるでビルの中での怪しげな行為まで肉眼で見えそうなそんなフライトである。

ホンコンでは誰一人として乗り込んできた様子はなかった。もっとも鉄の嵐のように砲弾が飛び交う戦場に、好んで足を踏み入れる者などいないに決まっている。貧乏根性丸出しで高級スコッチをガンガン飲《い》ったせいか、すっかり酔いがまわってしまい、これから戦場へ向かう恐怖感や緊張感などアドレナリンを強烈に分泌させる全ての要素はどうやらあの高層ビル群や太平洋の彼方で藻屑となったようだ。羽田で搭乗したときから、無意識のうちに不安や恐怖を脳細胞から一掃しようという意図的な行為だったに違いない。ホンコンでのランディングといい、テイクオフといい機長はなかなかの腕前だ。彼はもしかしたら兵隊上がりかも知れない。空軍の飛行機野郎を経て民間航空機に移ったパイロットは頗る腕の立つ奴が多いと以前誰かに聞いたことがある。

羽田から六時間以上が経過した。ホンコンでのいかにも人工的な風景を除けば眼下に挑めるものは遥か三千メートルは悠に離れた海洋だけだ。それでも目を凝らすと白い波頭の動きが確認できる。視界の全てが蒼茫の海。西へ少し足を伸ばせばアジアの国々、東へどんどん針路をとればアメリカ大陸にたどり着くことなど百も承知ではあるが、このとてつもない大洋は永遠に際限なく広がり、我々の無力さと生命の尊厳を語っているようだ。自分の傲慢さの痛点をチクリと針の先ででも刺された感触を覚えた。アルコールでくつろぎ過ぎた精神状態を修正するのには十分過ぎる刺激だった。時間の経過から考えるとそろそろ目的地に到着する時間だ。いよいよヴェトナムでの生活が始まる。どうやら副甲状腺が意に反して急激に刺激されているらしい。

やはり上手いランディングだった。タンソンニャット国際空港は国際空港とは名ばかりだ。滑走路の脇には例の迷彩色の戦闘機が指折りではとても数え切れない程並んでいる。正に空軍基地そのものである。いくら協定があるとはいえ、国際定期便とてこの上空を飛んでくるのはたいそう骨の折れることではないだろうか。ほんの僅かでも領空を侵犯するようなことがあれば、瞬時に木っ端微塵にされてもおかしくない。とにかくヴェトナムの地にしっかり足を踏み下ろしてからその事実を初めて知ったことは幸いだった。

異様な雰囲気だ。ここは戦時下なのだ。戦況によっては今立っているこの国際空港がいつ標的になるか分からない。それでも、出迎えロビーに見慣れたいくつかの顔を見つけると、そんなことを一瞬忘れることができ不思議な安堵を実感した。

出迎えの親玉、小松氏は大学の先輩で、私の七つ上になる。彼はもうすでにこの地で二年間生活をしている。河内出身で、東京での生活も随分長いはずなのに、関西弁が抜けず、(抜けずという表現は誤りであろう、意識して世間で言う標準語を使わないだけだ。私の身近に結構関西生まれがいるが、彼らの多くは生まれ育った言葉を敢えて直そうとはしない)河内特有の言葉でいつも後輩達を叱責していた。それがいかにも乱暴で、しかも的を射ているから後輩達は彼の顔を見ると誇大表現を借りるならば戦慄が走ると言ってもいいだろう。そんな彼も今日はさすがに優しい。

「よく来た。明日からたっぷり勉強してもらうぞ」

優しい言葉や穏やかな顔つきではあるが、やはり鋭い眼光は生来のものなのか、精神的に圧力をかける道具としては十分過ぎるものだ。

「荷物から目を離さんようにな」「えっ!」

目と鼻の先の距離にあるこんな薄汚れたどでかいバッグをしかも国際空港のロビーで一体誰がどうしようというのか。

「お前なー、ここは今戦争やっとんや。いつ死ぬか分からん状況やで。金がのうて明日の飯も食えん連中がいっぱいおるんや。ここではなー、盗るより盗られるほうが悪いんや、何でも盗られるで。こんな荷物、目離したら一瞬やで。分かったか、このど阿呆。えぇか、その高そうな腕時計も危ないぞ」

何かと言えば、最後は分かっとるのか、このど阿呆が口癖だ。慣れてしまえばどってことはないが、いつも怒鳴られているようで当然だがいい気はしない。一体はめている腕時計をどのように奪うのかと是非その具体的な手法について解説を聴きたかったが、また怒鳴られそうなので止めた。まあ、眉唾もんだろうと話し半分と理解しておいた。

出迎えのもう一人は大原と言って大学の同級生だ。彼のお蔭で我々はだいぶ迷惑を被った。彼はここですでに半年近くを過ごしている。実は大学三年に進級する前に二年の後期の試験を受けてすぐさまここへ飛んできたのである。しかも彼は現在私と同じ三年に在学中で、さらに夏休みに入るまで授業に出ていたことになっているのである。みんなで彼の代返したり、代筆したりでそれはもう結構骨の折れる作業だ。しかも彼はあと半年近く滞在する予定で、後期の試験前に日本に戻り、試験を受けてちゃっかり四年に上がろうという魂胆だ。授業のほとんどに参加せず、単位を全部取ってしまおうというそんな虫のいいことを企んでいるのだ。

残りの一人は初対面の山川氏である。彼は兵庫の大学を卒業してから日本各地の農家で農業研修をしていたらしい。小松さんが珍しく気を遣って、初対面同士をそれぞれ紹介してくれた。

タンソンニャット国際空港での挨拶もそこそこに我々はすぐさま迎えの車に乗り込んだ。車は腰が抜けるほどの猛スピード、ほとんど車の往来の無い道路を土煙を撒き散らしながら北へ北へと向かった。

戦時下とは言え、まだ見ぬメコンデルタのイメージは、私の固定観念から離れない。それは、水上生活者の船がのんびり行き交い、肥沃なメコンデルタに抱かれた町や人々が、決して贅沢はできないけれど、豊かでのんびりした時の流れと自然の恵みを享受している。道ばたの草を山のように積み上げた荷車を曳く黒い水牛が農夫と家路を急ぐふうでもない。本当の豊かさとは一体何なのか、我々日本人は豊かと言えるのだろうか。そんなメコンが私の頭の中には詰まっている。

しかし、現在は砲弾が戦争とは全く関係のない人々にまで向けられ、人間を、ジャングルを、否あらゆる生命体を殺戮するというあまりに惨たらしい行為が事務的に、日常茶飯事に行われている国の景色を猛スピードの車の窓から追っている。そんな現実はあらゆる報道で百も承知のはずであるものの、私は豊かで穏やかなメコンを夢みている。だからここへ来たのである。しかし、右側の車窓はサイゴンの街並を抜けてしばらくすると東洋一を誇るロンビン空軍基地が幹線道路と平行して延々と続く。左手は民家がポツポツ点在し、あとは荒れ地なのか、農地なのか判別に苦しむ景色の連続だ。意外にも兵隊の姿はほとんど確認できない。目についたと言えば何橋なのか、何川なのかも分からないがその橋を通過する時、深く帽子のつばを下ろしていたので歳の頃も分からないが拳銃を抱えた兵士を数名見た程度であった。私は韓国で約半年間生活した経験上、兵士に銃を向けられるということには比較的慣れているとは言え、やはり緊張感が走るものだ。

我々の目的地はサイゴンから約六十キロ北上したビエンホアという町だ。まだまだロンビン基地は続いている。舗装された幹線道路を急に左折し、まるで砂地のような畑の間をゆっくり車は進んだ。畑にはもちろん日本では見ることのないキャッサバが植わっている。

「こんな土でよく育ちますね」

「お前らはこれを育てに来たんじゃないからな、何をそんなことで感心しとんじゃ、このど阿呆」

いやはや、またど阿呆節が始まった。目の前には真新しい白い瀟洒な建物がいくつか点在するのが確認できた。どうやら目的地に到着だ。

実はサイゴン市内の建物にも驚く。欧州風の建造物が見事に立ち並んでいる。しかも街全体がドラフターで図面でも引いたように整然とレイアウトされているのだ。目隠しでもされて突然そこに放り投げられれば、真夏のパリにでも迷い込んだのではないかと錯覚するほどの街並だ。フランス文化が残した遺物とでも表現していいのだろうか。

サイゴンを抜けてからの景色は貧しい農村風景、鉄の嵐がコンクリートを破壊し鉄骨が折れ曲がったりむき出しになって赤錆だらけになってしまったビルらしき跡。そんなものと比較すれば目的地は戦いの臭いが全くしない別天地のようだ。

「キャッサバなんぞを作りに来たんじゃないぞ」

確かに粗放的な農業力を持ってしてもかなりの収量が期待できるキャッサバの耕作は戦争による貧困に喘いでいるヴェトナム国民の食料確保という意味においては魅力的だ。しかし、我々はこの地で何をやっているのか、また何をやろうとしているのか、また何を期待されているのかということだ。もうここでの活動が本格的に始動して二年を数えるに至った。ここの建物も、自動車も、細々とした器具の全てに至るまで簡単に言うと日本の援助で成り立っている。いわゆるODAによる援助ではなく、ある日本の財団がヴェトナム戦争で両親を亡くした子ども達のために、生活を支えると同時に職業訓練の機会を与え、その技術を身につけて有用な人材として社会に送りだそうという目的の下、計画・実施されたプロジェクトなのだ。いわゆる孤児院に職業訓練校が合体した施設をイメージすればよい訳だ。そこで重要視されたことの一つが自給自足的生活のための農業による食料生産であると同時に農業技術教育による高度な農業技術者の養成でもある。その指導者、いわゆる先生役が小松さんであり山川氏なのだ。そこへ私たちは研究を兼ねて夏休みの二ヶ月間、貴重な労働力を提供にきたということになる。

私の専攻はもちろん農学であるが、その中でも発展途上国の農業開発と共にその国際協力の在り方についてである。そんな環境下、周りの学生は平気で一年や二年休学し、アメリカへ飛んだり、そこがメキシコであったり、ペルー、ケニア、タイと実に様々な国へ気軽に研修に行くのである。それではみんな蓄えが有るのかと言えばそのほとんどが貧乏学生だ。とにかく航空券片手に必死に目的地に辿り着けばあとは何とかなるものだ。もちろん、行き先には大学のOBであったり、その関係者が面倒見てくれることを確約してくれてからの行動である。

ヴェトナムの気候は大きく分けるとするならば、南北両ヴェトナムを北部・中部・南部と三つの区分にする。私が現在滞在しているサイゴン周辺はもちろん南部である。この地方は熱帯モンスーン気候で、一年に雨季と乾季の二つの季節がやってくる。雨季は四月頃から十月までで、いわゆる「マンゴシャワー」と呼ばれるスコールが毎日ほぼ定期的に一時間程降るらしい。北部ヴェトナムは地理的にはハノイをイメージすればよいだろう。亜熱帯気候に属し、四季らしいものも僅かに感じることができると聞く。一月・二月の気温が最も下がり、この頃は丁度日本の晩秋くらいだそうだ。南北国境周辺（いわゆる十七度線）は中部となり、山岳部では場所によって差異は当然あるものの、南部・北部の中間的な気候らしい。

今、戦火の渦真っ直中、ヴェトナムの大地にしっかりと私は立っているはずだ。その現実、事実を確かめるためにゆっくりと一歩一歩足を踏み出してみる。自分は何を求めてやってきたのか。何をしようとしているのか。自問自答して自分自身を確認しようとしている。この大地をぼんやり眺めながら、農場を見渡しながら。しかし新しい興奮が次々と血流に乗り体内を駆け巡っている自分に気づく。戦争・イデオロギー・貧困・使命感という語彙が大脳を混乱させている。これらの刺激は熱くて強い光に反射されて浮き上がった物体が私の網膜には鮮明に映し出されているはずの像に白濁した液体を覆っているようだ。

錯綜していた時間はほんの数分だったようだ。焦点を合わせているはずのレンズはやはり圃場に並ぶ作物を追っかけていた。雨季のヴェトナムと言えども日中は乾いている。大気の流れは熱風と化す。広大な砂混じりの圃場の土も日本のそれとは明らかに違い、淡い鼠色の鈍い光を放ち容赦なく垂直に照りつける太陽に喘いでいる。その上に並ぶ作物も余りに大きすぎる光エネルギーと熱エネルギーを食傷気味な面もちで、ダラリと葉を垂らし、じっと我慢しているのであろう。それでも自然界に豊富に存在するエネルギーを貪欲にむさぼって滅法意気軒昂なのがキャッサバだ。

暑い。日本から六時間余りの南下への飛行で、一体どれくらい太陽に近づいたというのだ。太陽と地球との距離を考えれば、近づいたというより、地球の傾きによりほんの僅かに角度が変化しただけではないか。白い瀟洒な建造物はその熱を跳ね返してはいるものの、一服の清涼剤とはなってくれない。しかし、都会の喧噪とコンクリートの照り返しのいかにも人工的な力で増幅されたそれとは違う。喘ぐ暑さの中にもどこかで共通項を実感している自分に気づき我に帰った。のんびり観光気分など味わえる暇など当然あるはずもない。

明日から早速活動を開始することになるが、明日からの打ち合わせと歓迎の意味も込めて、今日の夕食は小松・山川両婦人手作りのヴェトナム料理のご馳走だ。ヴェトナム料理に対して全く無知な私にとっては中華料理とどこが違うのか、分からなかったが美味であることは間違いない。そんな中でも特異だったのは、米から作った薄い皮に野菜や肉をくるくるっと巻いて食べるのであるが、その具になる野菜がハッカやジュートでちょっと癖があり初めて経験する味であった。アルコールも十分過ぎるほど体内に収まった。

我々学生はここに総勢七名いる。明日からの予定は肉体的にも精神的にもかなり厳しいものであることは覚悟の上であったが、小松さんの言葉はその大方の予想に反し調査・研修を主眼においたものだった。我々の限界知らずの躍るような肉体から発する労働力というより学生だからこそ可能な知的作業を重要視していたのである。もちろん彼は我々が農学や農業に対する知識が乏しいことくらいとっくに承知している。彼は我々が今後どのような生き方をしていくのか、その方向性をみんなで模索していることを知っての上で、その針路の舵取り的役割を担ってくれているのである。実は我々は学生の一集団として完全に活動拠点を失っていたのだ。十年以上も前に遡るが、我々の集団は人間らしい生き方を追求するサークルとして結成された。その追求の手法としてワークキャンプという方法を選んだ。目的を同じくする者が労働を共にし、何かを創造していく。寝食を共にし、遅くまで語り合う。労働と議論を通して人間らしい生き方を具現化していくことが目的である。同じ人間としてこの地球に生を受けたのに生まれた家庭、生まれた地方、生まれた国によりどれほど違いがあろうか。その違いを数え上げれば切りがない。折角新しい生命が誕生したにもかかわらず貧困のため飢餓や病気でいとも簡単に命を落とす人は一体どれくらいの数になるのか。イデオロギーの違いで、同じ人間・同じ民族が殺戮を繰り返し一体どれだけの人間が無惨な最期を遂げたのか。その争いがまた貧困を増幅させる。無限大とも言える損失の中から本当の幸福は形成されるのであろうか。

人間として生まれて、幸せを求めない人がいるだろうか。豊かな人生をだれしも望んでいるはずだ。人間らしさだとか幸福であるとか、また豊かな人生であるとか、それらの価値観はまさに十人十色であろう。この自由社会において、否、何も自由社会である必要もない。人々が生活を営むその社会において反社会的な、それこそ犯罪的行為をしない限り、千差万別にいたるその価値観一つを取り出してそれが間違いであると誰が非難できよう。しかし、私にはそれらの氾濫する価値観の中で、イデオロギーや宗教をも乗り越えられる崇高なものがあるような気がするのだ。(崇高と呼ぶには余りに自分が傲慢なのかも知れないが) いや、あらねばならないと考えているのかも知れない。そんなものは尻の青いひよっこの考えがちな単なる理想論だと一蹴されるかも知れない。しかし、それは単に机上の空論だと片づけられないように、農業という手段を用いて模索し続けているのである。

その手探りのような模索の中で、十年前にたまたま日本国際奉仕センター主催のワークキャンプに先輩が参加した。そのワークキャンプ地は大韓民国南部で、そこで各国のボランティア団体と交流の機会を持ったのだ。そして偶然目にしたものは人々から隔絶され、差別に耐えながら辛抱強く細々と生きるしかなかったハンセン病患者の村であった。韓国(朝鮮半島)という国は現在までの歴史を振り返ってみても、他国にとっては戦略的にとても重要な地理的条件に位置していたため侵略戦争の連続であった。我々日本人にとっても古くから交流や交易を通して緊密な関係を持ち、農耕や文化が朝鮮半島から溢れるほど渡来したことは歴史上の事実である。しかし、近代史においては朝鮮半島を併合・統治し、植民地政策を押し進めてきた。第二次世界大戦の敗戦により朝鮮半島は植民地から解放されるのも束の間、民衆の期待をよそに三十八度線を境に北はソ連、南はアメリカに分割占領されるに至った。その後同一民族の分断は固定化され、それぞれに国家が樹立された。

それが大韓民国であり北朝鮮民主主義人民共和国である。しかし分断された両国の対立は激しさを一層増し、ついには朝鮮戦争が勃発する。戦争は国連軍、中国軍が参戦し、激しい戦いを繰り返し、国土はかなり荒廃する。それにも増して同一民族による殺戮は彼らの心を、精神をどれだけ荒廃させたのであろうか。膠着状態の続いた戦線はようやく休戦したが、今日もなお一触即発の厳しい軍事的対立が存在しているのが現実である。

このような近代史の流れの中で、日本と韓国との関係は、地理的にはわが国から最も近い国ではあるが、互いの心の距離は無限に遠く離れていると言えるだろう。動乱後は南北の地理・気候的条件や政治手法の違いにより、経済的発展においてもその違いは顕著に現れてきた。朝鮮半島はこの地球上に生活する人々が抱える様々な問題点の凝縮された地であるような気がしてならない。貧困、差別、南北問題、東西問題等々。このような問題を抱える地において、ハンセン病という病気を抱えた集団がそのおぞましい病気という理由で差別され、世間とは隔絶された世界に追いやられ、隠れるような生活を余儀なくされている。その人々は不具な体を寄せ合い、お互いが動ける範囲で何とか飢えをしのぎながら生活を続けているのだ。我々の活動はこの地でなければならないと帰結するのに多くの時間は必要としなかった。果たして学生集団に何ができるのか。知識も技術も乏しい。経済的な援助に至っては逆にこちらが乞いたい程である。しかし誰にも負けない熱意はたらふく持ち合わせている。しっかりと方向性が定まれば、限りなく英知を絞り出すことだって可能だ。恐さ知らずの行動力は時に負に作用することもあろうが、力強い味方にすべきなのだ。

帰国後、議論をとことん深め、とにかくできることから行動しなくては事が進むはずがないのだ。韓国大使館に日参し、我々の活動計画を十分に理解して貰う。受け入れ先（活動拠点）に文書で依頼する。話しはとんとん拍子に進み、連続九十日の滞在ビザが許可された。その限られた九十日を現地の調査・研究に費やし、そこでそれなりの方向性を決定するのが、第一次派遣隊の使命である。ハンセン病患者の村人は、周囲の部落や人々からは忌み嫌われ人間扱いされていない場所へ何故日本人青年がわざわざ来るのか、不信感を抱いていたが、それもすぐに氷解した。我々の人として共に生きるんだという熱意がなんとか彼らの閉ざした心を開いたようだ。これを皮切りに二次・三次と学生を派遣し、信頼関係が完全に確立すると、周囲の評価も当然変わってくる。ついに我々は韓国側から、念願であった実験農場用地をその村のすぐ近くに借りる事ができるまでに評価されたのである。こうなると夏休みに九十日間だけ、学生が来るという活動では済まされなくなる。もちろん当初より実験農場を設立し、技術の普及と共に同じ立場で問題を解決していくということが大命題であったので、卒業したＯＢが常駐するという計画が筋書きどおり進んで行った。軌道に乗り始めた活動は常駐者を得るとその成果はますます顕著に現れ、両国から高く評価されるに至り、ついには日本の途上国援助までに発展した。これはとてつもない出来事なのだ。

山間の農村で、しかも多くの農民が炎天下、作業量の厳しい労働をすることはその肉体的条件から不可能である。土壌は赤土に砂と礫混じりの河川敷のようだ。このような劣悪とも言える環境下、その条件にかなう適切な換金作物を見つけ出し、収入の安定をはかる、即ち生活の向上のためには何をしたらいいのか。これは容易に結論を出せる問題ではなかった。ごろごろ河原のように転がっている石の畑で一体何を栽培しろと言うのだ。脆弱な土壌と多くを期待できない労働力は農業にとって致命傷と言っても過言ではないだろう。日本の山間部の農村はどう生きてきたのだろうか。米を作ることができない農家の収入源は何であったのか、当然そんな思いを巡らせたはずだ。女工哀史の物語が誰かにぽんやり浮かんだことであろう。

「養蚕だ」

「桑ならこの地で十分生育するはずだ」

「今まさに韓国政府はセマウル運動を合い言葉に農村の近代化を促進し、さらに経済発展の一歩を踏み出そうとしている時だ」

「世界の歴史が証明するように、どの国も産業発展の突破口は繊維工業をはじめとする軽工業からだ」

「これで行けるぞ」

幸運にもその青写真は早々に結果を出した。その頃の日本の養蚕業はもうすでに斜陽ではあったが、技術的には十分に成熟しており、我々が高度な知識や技術を吸収するには余りあるほどであった。優秀な繭を日本から導入し、確実に成果を上げていくことができたのである。しかも、生産された繭はハンセン病患者の手によるものだという感覚は薄れ、市場に流れて行った。これが直接的に人々の口にはいる生産物であったとしたらこのような結果が得られたかどうかは疑問である。その後、無理をしない範囲の経営で残飯を利用した養豚を導入し、これも少なからず増収に貢献したのである。自給用の穀物や野菜などを栽培しながら、換金作目として養蚕・養豚この二本柱での経営が確立されたのである。収入が増加し、生活に余裕ができると人々の屈折させられてしまった心もしだいに前向きに生というものを考えられるようになる。しかも、現金なもので周りの人々も差別意識は払拭できないものの、正確にその病気がどういうものなのかということが判断できるようになるのだ。ハンセン病は極めて弱い細菌による病気であり、遺伝することもない。また、治癒した人から感染することもないということを。

とにかく背伸びせず、自分達に与えられた条件の中で可能な限り建設的に生きるんだという姿勢が如何に重要かが証明されたのだ。どのような援助活動もやがては幕を閉じなければならないはずだ。何故ならば、援助活動の目的はその現地の人々が自分達の意志と力でその生活を確立して行くことなのだから。日本流の考え方や技術を注入するのではなく、現地の状況を正確に判断して、そこにより適した方策を共に考え、共に知恵を絞り、共に実践して行く。こんな草の根的な援助形態が我々の求めるものなのだ。ハンセン病患者の村は確実に経済的発展を伸長させた。併設した実験農場も情熱溢れる現地スタッフを採用し、もはや日本人専門家を必要としない段階へ到達している。この先我々にできることがあるのかと問われればもちろんあると答えることができる。しかし、現地でもはや基礎固めができ、これからは更なる応用段階期へと移行する時期にやはり援助活動は停止するべきだろう。それが自助努力に根ざした協力の在り方だと信じて止まない。同じ目的を掲げた人々が生活を共にする中で、国境とか人種、また過去の痛ましい歴史、それらを乗り越え深い絆で結ばれる。人情としてお互い、

「まだこの地にいたい、ここで活動したい」

「もう少しいて欲しい」

というのが正直なところだろう。しかし、両者共潔くその関係を断ち切るのが最良の方

法だと決断したのである。

これで、十年以上の長きに渡って精力的に活動を展開してきた拠点をある意味で失う結果となった。正に終焉を迎えたと言ってもいいだろう。人というのは目的に向かって行動をしている時、かなり辛い試練や大きな壁にぶつかってもそれを乗り越えようと莫大なエネルギーを生み出すものだ。苦難に耐えながらもそれを達成した時、その時の達成感や満足感は天にも昇る気分であることは間違いない。しかし、人間の欲望は無限に溢れ出す泉のようなものでふつふつとまた何かが湧き起こってくるものだ。

その達成感というものを確かにひしひしと実感していたが、むしろ次なる活動への不安感が我々を困惑させていた。

零からの出発はとても困難であることは誰にも承知だ。しかし、新たな活動拠点を確立するための第一歩を踏み出すことが、現在の我々の使命だと一様に感じている。そんな苦心の真っ直中、我々の耳に飛び込んできたのが、ヴェトナムでの支援活動であった。しかし、長期化したヴェトナム戦争はこの時期になり北の攻勢が強靭で、ヴェトコンの勢いもサイゴン目指し、かなり南下しているとの情報もあり、長期の援助活動地としては疑問視せざるを得ないことも事実である。植民地として貧困と差別に辛抱強く耐えながら搾取され続けた民衆。分断された国家。その後の両国の激しい対立。インドシナ半島は朝鮮半島の抱える問題をまるでコピー機で複写したかのように同じような歴史を歩んでいる。しかし、朝鮮半島のそれとの決定的と言える違いは、あの超大国アメリカが大がかりな戦力を導入し、世界的に非難される程の非人道的（果たして人道的な戦争なんてものが有り得るのかはおおいに疑問であるが）な打撃を与えているにも関わらず、むしろ密林に潜む秘密裏の北の攻撃にじりじり押されて、首都サイゴンにまでもその手が届きそうだいうことだ。何か因縁めいたものを感じて当たり前だ。

「何を躊躇逡巡しているのだ。君達が次にやるべきことはヴェトナムでの地道な活動じゃないか」

と天の声でも聞こえているようだ。しかし、戦火の渦中それも民族解放を志す勢力がその精神的強靭さと信念でひたひたと毛管現象のように南へ南へ浸み込んでいる現状で果たして、そんな活動が長期的に可能かという不安や疑問が頭の中に鈍重に覆い被さってくるのは確かだ。そのような地であるからこそ、やるべきことが山積みされているのではないか。そんな環境下こそ、草の根活動的な援助の意義は大きいのではないか。我々の議論は沸騰しては冷め、冷めては沸騰するという繰り返しだ。そんな葛藤の中、とにかく原点に戻り、早計に結論を出すのではなく、この夏に調査隊を複数派遣しようという結論をみた。

賢明な選択に落ち着いたのである。調査隊が複数分散すれば当然経費がかさみ、個人が負担する金額が跳ね上がる。我々にはスポンサーが背後に存在している訳ではない。勢い選択枝は限定せざるを得ないことになる。しかし、口角泡を飛ばすほどの議論が如何に重要なものか、むしろ活動そのものよりこの議論の過程における問題点発掘のほうが活動路線が明確になるし、我々自身の人間形成において不可分なものなのだ。調査地の決定も早計には結論は出せない。我々の基本スタンスとしては、植民地政策で搾取され続けてきた東南アジア、しかもその地の多くは我が国も過去において侵攻して行ったという歴史を持つ、そんな東南アジアを同じアジア人である我々が住民の物の見方を大切にした支援活動をしたいというものであった。紆余曲折を繰り返しながら、お互いが使命感すら覚える話しが向こうからやってきた南ヴェトナムと人口大爆発で飢餓に喘ぐインドを調査地として最終決定した。

容赦なく大地を照りつけていた太陽は、ヴェトナム料理に舌鼓を打ち、明日から始まる生活の話しに興じている間に、西へ西へと去って行った。十分ヴェトナムでの初日を堪能し、小松宅を出るとすっかり夜の帳は降りていた。アルコールで緩んだ精神を持ってしても、真昼のうだるような熱さとは違うが、水蒸気をたっぷり含んだ不快な外気の流れを外灯一つない真っ暗闇で感じることができる。このセンターには職員用の住宅がいくつか用意されている。その全てが世帯用に設計されているので、我々独身者はベッドの数で各部屋に分かれることにした。とは言え、学生は総勢七名なので、四年の藤木・黒田・古川・岡部の先輩四人と、三年の大原・松江そして私の三人がそれぞれ一棟ずつだ。

実に長い一日が終わろうとしている。部屋の中は蒸し暑い外気を遮断しているのか、小松宅を出た瞬間に露出している肌をなぶった不快感はない。毛細血管の隅々まで運び込まれたアルコールはその心地よさに拍車をかけているのだろう。室内を小さな蛍光灯が無機質色に染めている。部屋に備え付けてある家具と言えば、ダイニングキッチンにあるテーブルと椅子に食器棚、そして寝室にはベッドだけだ。生活の臭いが全くしないが、それも今日限りかもしれない。そこで人が動き始めると嫌でも生活の臭いが染み込んで、無機から有機的なものへと変化して行くものだ。

ハイライトの赤い帯が何故か好きだ。その帯を残すためにパッケージの上部を上手くはぎ取り、次に銀紙を破る。そうすると赤い帯を残したままでタバコを取り出すことができるのだ。その赤い帯に勝るとも劣らないのが全体のデザインだ。日本専売公社の広報部担当社員が急にデザインを上司から依頼され、仕方なくおっつけ仕事をしたという印象だ。恐らく安直に澄み切った青空をイメージし、パッケージ全体に空色を用い、そこにＨｉ－Ｌｉｔｅと英文字で記しただけである。そんな様子が容易に推測できそうなできばいなのだ。しかし、その木訥とした野暮ったさが人に全く媚びる様子がなく、とても親近感が湧いてくるのだ。そう思うとかなりのやり手がデザインしたのかもしれない。薄明かりの下でハイライトを一本取り出しお気に入りのジッポで火をつける。カシッという小気味良い金属音が鼓膜を通過する。この音も煙草を楽しむために欠かせない演出だ。このジッポは友人からプレゼントされたものだが、アメリカで手にいれた特別製らしく、ライターの腹にはとても魅惑的な詩が彫りつけてある。少々辛みの効いた煙が喉に入ってくる。実に人間味のある味がすると感じるのは私だけであろうか。周りはセブンスターを好んで吸っているようであるが、例の活性炭を通過したあの味はやたら人工的な香りが感じられ、どうしても好きになれない。舌と喉で味わった煙をゆっくりとじらすように吐き出す。紫煙はゆっくりとした広がりを続け、部屋の中の空気の流れを素直に受けとめながら柔軟な生物体のように上昇して行く。煙草というやつは薄明かりの下で吸うのが一番旨いものだ。何やら新しい自分の覚醒に寄与してくれるのだ。羽田を発つ時、いつものように免税店でワンカートン買ってきたが、誰しもこの時煙草というものがやたら税金がかけられていることを思い知らされる。

羽田を発ってから新しい経験の連続だった。しかも西への飛行は物理的に二時間の時差を持たらしたので、時報という観点では少々長い一日を過ごしたことになる。

ベッドに横になり、今日一日の記憶をぼんやり思い出している。タンソンニャット空港で軍用機、戦闘機が溢れていたのには度肝を抜かされたが、その他に目に入ってきた光景は、もう随分前に恐らく爆破により破壊されたであろう錆びた鉄骨がむき出しになった鉄筋の建物を除いては、戦時下というものを生々しく体感できないでいた。もっとも実際に真っ昼間ドンパチやっているとすればこんなにも易々と通行出きる筈はないが。しかし、正直なところ本当にこの地は戦争をやっているのか、戦闘が現実に存在しているのかということだ。一体戦争というものはどのように行われているのか、そんな素朴な疑問を持つような一日だった。

　夜のしじまはそこいら辺りにいる兵士達にも静寂を運んでくるのであろうか。今日一日を生き延びたという疲労感と安堵感が深い眠りを誘うのであろうか。昼間のギトギトする自然界のエネルギーは日没と共に休息に入り、同時にほとんどの生物にも休息を与えている。それが自然界のサイクルというものなのか。とにかく辺りは暗闇だ。灯一つ見つけ出すことができない世界だ。明日はとりあえず午前中は圃場を中心に訓練センターを案内してもらい、センター全体の配置を把握する。午後は隣接する村の状況を垣根越しに見て回り、その特徴から今後の調査項目の検討に入るという予定だ。部屋のぼんやりした灯を落とせば満天の星を除いて人工的な光の一筋すら確認できない。もちろん車の疾駆する音もない。正に夜のしじまとはこのことを指すのであろう。激しく悲惨な戦地であったはずにも関わらず不思議と安堵しながら心身の疲れを癒すための睡眠に誘われている自分を僅かに意識していた。

突然襲ってきた爆音と爆風は、その静寂をいとも簡単に一掃してしまったのである。一瞬の爆音は全神経が氷点下の世界に引きずり込まれたように緊張を運び、心臓は激しく脈打っている。その後大型のトレーラーが目の前の道路をかなりの速度で近づいて、丁度目前を通過する時に轟音と共に吸い込まれそうになり、そして我がもの顔で通り過ぎて行くというそんな地響きが襲って来た。同時に熱風が宿舎を揺らしたのである。それは今までに経験したことのない、とてつもない刺激だ。腑をじわじわと潰すような地響きと地震にも似た爆風による横揺れは恐怖を通り越し、生命維持はもはや幸運に任せるしかないと即断するほどの刺激だった。恐怖に戦く自分に対する羞恥心を取り繕うとか、平静さを保とうと装う心の余裕など微塵もなく、ただただ訳の分からぬ巨大な敵に対してなんら成す術もなく縮み上がるだけである。心臓が今にも口から飛び出す勢いだ。

しばらくしてまた同じ爆音、地響き、熱風が繰り返された。誰もが無言だ。うめき声一つ発することができない程、究極の恐怖感に襲われているのだろう。唾を飲み込もうとしても喉の奥にからみつき、胃から突き上げられる鈍痛にも似た圧力とがぶつかり合い不快感も募るばかりだ。ここで惨めにも恐々としながら死んで行くんだという予感が脳裡をよぎる。きっと死の直前というものはこんなにも喉がからからに渇き切るものなんだと実感した。

「なんて所へ来てしまったんだ」

今更自分の行為を悔やんでも仕方ない。

「小学生じゃあるまいし、お前はそんなことは百も承知だったじゃないか」と自問自答する。

「分かってるさ。でもこんなことってあるかよ。まだ何一つしていないし、例え幸運にも今日を生き延びたとしてこの先一体何ができると言うんだ」

「大原、大原、一体これは何なんだ」

「うるっせいな、黙って寝てろよ」

「お前何考えてるんだ。こんな所で眠れるわけがないだろう」

「じきおさまるよ、毎夜このご挨拶さ」

「ご挨拶ってのはないだろ、一体誰が誰にこんな挨拶してるんだよ」

「どこからかは分からんが、十キロも二十キロも離れたジャングルから解放戦線がロンビンめがけて撃ってるらしいぞ。心配いらん、おとなしく寝るほうが得策だ」

「ちょっと待てよ」

大原の寝息が聞こえてきた。よくもまあこんな天変地異の真っ直中で、グーグー高鼾とはおめでたい奴だ。今この部屋にいる三人の中ではこの地の経験者である彼に頼るしかないが、彼が全く動じる様子がないところをみると、毎日のセレモニーみたいなもので、どうやら大丈夫らしいぞという展開に、心の激しい振幅は常軌に修正を始めたらしい。

しばらく続いた爆音はぷっつり途絶えた。しかし、そのしばらく続いた爆音が一体どれ位であったのか見当がつかないのだ。とてつもなく長い時間であったような気はするのであるが、実は数分の出来事であったような倒錯した気分だ。ぬっとりとした手のひらの感触が握りしめた指の隙間から伝わって来る。それはもちろん湿気を十分に帯びた空気のせいでないことは分かりきっている。首筋の汗もかなりの量だったらしく、Tシャツの丸首の部分は気化熱にエネルギーを奪われ、今はひんやりしている。とにかく渇いた喉を潤そうと、例えぼんやりした薄灯りの蛍光灯とは言え、とても部屋の明かりなど灯す気にはなれず、月灯りを頼りに台所まで滑るように足を進ませた。ところがここの水は余り良質とは言えず、生水は厳禁であったことを思い出した。水道水を濾過する簡易濾過器が台所の隅に窮屈そうに置いてある。蛇口を廻すとちょろちょろと水が落ちてきた。生温く、何やら鉄分が効いてるような刺激が舌を伝わったが、水分が涸渇した口腔を潤すだけならこれで十分だ。コップを片手に椅子に腰掛けた。テーブルの上にはハイライトとセブンスターが乱暴に投げたように置いてある。ハイライトを一本取り出し、深く吸い込む。本当は強いアルコールを補充したい欲求が募ったが、二日酔いを背負っての始動は塩梅悪いと思い自重した。そんなことにまで思考が及ぶ自分に気づき、どうやら冷静さを取り戻したことを実感した。

やはりここは今まさに戦時下なのである。人命の尊重とか生命の尊厳などという言葉は不要な世界なのだ。それが例えアメリカ人であろうとヴェトナム人であろうと、またそれが争いには関係のない日本人であろうと、眼前の敵を倒すという大義名分の下、殺戮や破壊行為は極めて合法的になるのである。生きるか死ぬか、やるかやられるかという緊迫した厳しい状況下で人間的な優しさはむしろ邪魔物以外の何物でもない。戦争というのはそういう世界なのだ。しかし、このセンターでは戦争には全く関係なく日本人の農業技術者が活動しているという実態は解放戦線側も承知だと聞いている。従って、ここを鉄の嵐が襲ってくる心配はないとのことだ。現実にここでの活動が既に二年を数えるが、そういう被害は一度足りとてなかったと言う。今しがたの経験など、戦争という世界においては取るに足らない出来事らしい。あの程度でやれ死ぬだの大騒ぎするようではとてもじゃないが、ここでの生活は不可能になるのであろう。しかし、毎日夜毎こんなことが繰り返されるのを息を潜めて、身が凍りつく思いで耐えなければならないと考えるだけで気が狂いそうだ。ここから西へ数キロ進めばロンビン基地が大蛇の如くその長い体を横たえているし、東へ数キロ行けば、ビエンホアの基地が現に存在している。その中間点であるこの地域で戦闘が勃発しないという保障はないはずだ。しかし、昼間の光景を思い浮かべると、この辺りの地形は比較的真っ平で四方をかなり遠くまで見渡すことができたことを思い出し、少々安堵した。まさかこんな見通しの良い場所が前線にはならないだろう。もちろんあのおぞましい爆音や地響きに対する危惧はそうそう終息するはずないが、死という懸念は払拭されつつある。どうやらその安堵感は今しがたの極限とも言える緊張が及ぼした疲労感を一気に誘い、再び眠気をもたらしてくれたようだ。

## (二) 大地に挑む

新しい一日が始まろうとしている。昨日一日だけでも砲弾によっていとも簡単に生命を絶たれた人間の数は恐らく相当数に及ぶはずだ。また見せしめ目的で、残虐な最期を迎えた兵士もいるはずだ。家族や愛しい人を奪われ深い悲哀や失意の中で呆然自失している人も少なくないであろう。しかし、太陽は眩しい光を漸増しながら、ついにはその全体像を容赦なく見せつける。この地球上では昨日の二十四時間という時の流れの中で、数えられないほどの事件が発生したことだろう。しかし、そんな雑多なことなど全く意に介さず、その雄姿は燃えたぎるエネルギーを惜しみなく放ち、休息していた生命体は息吹を吹き込まれたように活動を開始するのである。全てのものに平等にその稟とした姿は確認されるのだ。そしてどのようなことがこの地球上で発生しようと、大宇宙の法則に従い規則正しい運動を繰り返し、正確なリズムを刻むのだ。暗黒の世界から総天然色に彩られた世界への変貌は、何千年という歴史の中でどれほど多くの人々に勇気を与え続けてきたのであろうか。

外気を吸い込むため外へ出ると、すでに太陽は東の上空から垂直に照りつけているように見える。やはり、日の出というものは新しい期待感を運んで来てくれる、そんな気がする。私にとってはこの地で初めて迎えるおひさまである。それは何か特別な意識や感情の変化を与えるものだ。暗闇というものはただそれだけで恐怖感をもたらし、そこで何か経験したことのない特殊な刺激が発生すれば、その恐怖は加速度的に倍加し、だれしもがパニック状態に陥って当然だ。しかし昨夜の強烈な畏怖は垂直に照りつけるその強い光が透過しながら溶暗したのかも知れない。今しっかりと踏みしめている大地から伝わる振動は、まるで私を鼓舞するように大地に挑戦しようとする心の高揚を押さえきれないでいる自分を認識するや、少々照れくささを覚えた。

食事は学生全員同じ部屋でとることになっている。食事当番を決めて毎度毎度おさんどんなどやる時間もないし、またそんな能力も持ち合わせていない。ここヴェトナムではある程度の富と名誉を手にいれた階層はメイドを必ず雇うという習慣がある。これはフランス統治時代に豊かなフランス人が注入した習慣らしいが、もっとも日本においてもつい最近までお手伝いさんという職業はかなりの需要があった。富める者の勲章という意味もあろうが、貧富の差が大きいことと職業の絶対数が余りに少ないことに起因するのであろう。このような生活習慣の中、お手伝いさんの供給量は溢れんばかりらしい。しかも極めて安価で仕事に応じてくれるのだ。もちろんこの価値というものは我々日本人としての経済的価値観に偏重した物差しでの話であるのだが。かくして我々貧乏学生としても、日本との経済格差から来るその恩恵を十分に享受することができるという筋書きである。何人も集まれば一日それこそタバコ銭程度でメイドを雇うことができるのだ。

食堂に入って行くと、テーブルにはフランスパンの山だ。もう一つの皿にはスクランブルエッグに生野菜が申し訳程度に添えてある。そしてはじめてお目にかかる中年の女性がテーブルの傍らに立っている。顔は浅黒く、聡明そうな大きな瞳が端正な顔立ちにさらに磨きをかけているようだ。ゆったりとしたシルク地のような黒っぽいパンツと白いブラウスに身を包み、ほっそりとした長身から醸し出す全体の雰囲気は清澄な空と大気と言った感じである。彼女がお手伝いさんであることは初対面の我々でもすぐにそれと判断できた。藤木さんと大原はその女性と随分親しそうに二言三言話しを交わしてから我々に彼女を紹介してくれた。

「この人が食事の世話をしてくれるバーサウで、サウというのが名前で、バーというのはおばさんという意味だ。彼女はここから歩いてそう遠くないビエンホアの町から毎日来てくれるんだ」

我々は片言のヴェトナム語で簡単に自己紹介し、彼女も何か話してくれたが、一体何を言っているのか、その口から発せられる音は皆目分からなかったのだが、恐らくこれからよろしくという在り来たりの挨拶であろうことは想像できた。バーサウがいくつで家族はどうしているかとか、詳しいことは大原たちも知らないようだ。中年の女性に見えるけれど、本当はもっと若いのかも知れないし、女性に年齢を尋ねるなんて国際人のやることじゃないし、などとくだらないことに頭を巡らしながら、フランス仕込みサイゴン名物の山のように積まれたバゲットをこれもまたフレンチローストの濃いめのコーヒーがなみなみと注がれたカップ片手に次々と口の中に放り込んで行った。その牛飲馬食ぶりに彼女は度肝も抜かされたようで、黒目がちな大きな瞳をさらに見開き、驚愕ともとれる表情を見せた。テーブルの上に並べられた食料はあっという間に我々の胃に収まってしまった。朝食のメニューは時間の関係でこれからずっとバケットに少々何かがつく程度だという。

「もうちょっとパンの量は多いほうがいいね」

と彼女に注文をつけ、朝食を済ませるといよいよ活動開始である。

ヴェトナム語は元々は漢字表記であったのだが、フランス統治時代にアルファベットに統一された。ヴェトナム語をほとんど理解できない我々にもその文字から何となく音は想像できる。しかし、一語について六音と言われて、例えばaという文字の上や下に・が付記されたり、〜が付記されるとその音が微妙に変化するらしい。このように一つの文字に六つの音が存在しその変化を聞き取ったり発音するのは至難の技である。我々は渡越前にヴェトナム語について少々勉強してきた。私の通う大学には南ヴェトナムの留学生がかなりいた。彼らはいつも集団で行動していたし、容貌も日本人とは少々異なり、一見して南国の雰囲気が手に取るように伝わってきた。幸運にも私のクラスにもグエンバンチンという留学生がいた。彼の入学当初の服装は強烈な印象を我々に与えたので、始めから目立った存在だったと言っていいだろう。一般の大学生というと、ジーンズにTシャツという格好をしているのだが、彼は何故かウールのズボンにサイケデリックなブレザーをはおっていた。彼らの集団の中では一風、風貌も趣も異なり肌の色はむしろ白く、少々飛び出し気味のぎょろっとした目が違った意味で異国情緒に拍車をかけているのだ。その当時私はどうも人見知りが激しく、臆病さも手伝い気軽に人と話しができないタイプだったので、ヴェトナムの留学生ということで彼にとても興味を持っていたが、ほとんど話しをするということもなかった。ある時、いつものように講義を受けるため教室に座ってポールサイモンの歌詞を見ていると、偶然グエンが私の隣に座った。そして私の本をのぞき込み、

「それは詩ですね、なかなかいい詩ですね」

と話しかけてきた。彼の話す日本語は外国人の話すそれで、流暢とは言えないがしっかりした日本語だ。丁度その時私が開いていた歌はアイアムアロックだった。さらに彼は「東京の十二月は寒いでしょうね。」と言った。アイアムアロックの出だしは「ある冬の日」(A winter's day)で、深くて暗い十二月と続いて行く。たぶん彼の頭の中では英語の詩をヴェトナム語に訳し、さらにそれを日本語に訳し、さらにそれを日本語の音として発音しているんだろうなというそんな複雑な作業を繰り返している彼に何か偉大さを感じたものだ。

「かなり寒いと思うけど。雪が降ることもあるし」

しかし、彼はその詩がサイモンとガーファンクルのものであることを知らないのだ。というより、そのアーティストの存在すら知らなかった。

「これは、サイモンとガーファンクルという二人組のグループが歌っているんだ。なかなかいい歌だよ」

と言いながらその冊子を見せると、彼はその内容を十分に理解している風だった。その日もサイケデリックなブレザーを身につけたその下には深い緑のセーターが覗いており、サイケ調よりはセンスがいいと思い、

「そのセーターいいね」

と言うと、

「うん、このスゥエター?」

と返事が返って来た。我々の使う和製英語より実に原音に近い音に少々驚いて
「そうそう、そのスゥエターだよ」

とつい格好つけて頷いた。当時私はサイモンとガーファンクルにかなり傾倒していて、困窮生活の中からなけなしの金を費やし、彼らのアルバムを一枚一枚揃えて行くことが唯一の贅沢であった。その旋律と美しいハーモニーもさることながら現代の吟遊詩人と称せられたポールサイモンの詩に深くのめり込んで行った。だからそれらの和訳には完璧に近いものがあり、同時に英単語力を身につけることに少なからず彼らは尽力してくれたことになる。そんな詩に感化され、私の思考は雄弁より沈黙とか、自己主張より不言実行と

か、権力に対する不信感という類にこだわりを持つようになっていた。それは生来の気質である寡黙性やあるいは社交性の欠如からくる屈折した劣等感を被覆して行った。こんな会話やグエンの様子から彼はかなり英語に堪能であることが分かった。これが契機で、学生番号も近いということもあったが、気軽に話しをするようになった。祖国が戦火の渦中、戦争や家族についての話題はどうしても躊躇した。彼の話から想像するに、祖国では相当裕福な家庭で、親の職業については多くを語らなかったが、ビジネスという表現をしたことから、実業家であろう。来日するまではフランス系の私立学校で学んだようだ。英会話の授業では、彼の成績はやはり群を抜いていたが、英語のできる奴というのは、結構いるもので、そうは驚かない。しかし、我々学生を仰天させたのは、フランス語の授業だった。その流暢なフランス語は教授をも後込みさせるものだったようだ。その教授は「グエン君、もう君は一切授業に出る必要はない。全てのフランス語の単位を認定します」

教室内はこいつの語学力はどうなっているんだという驚愕の嵐だ。

そんな彼からネイティヴのヴェトナム語を教わり、挨拶程度ではあったが結構理解した気分でこの地に来たのであるが、バーサウの言っていることを全く聞き取れない、我々の片言のヴェトナム語を全く理解して貰えないというきつい洗礼を浴び、閉口した。とにかく、鼻から抜けるような音や舌を鳴らすような音、しかもそれらが一語一語微妙に変化する、こんな言葉を聴いたり、話したりすることは至難の技のようだ。しかし、何とか理解しようという姿勢や一語でも覚えようという気持ちでやって行けば、端で感じるよりは意外にコミニュケーションはとれるものであることを既に経験している。

気持ち良く晴れ渡った青空の下へ出た。早朝の農場にはまだ熱気はない。畑の作物も昨日の午後目にしたときのそれとは違い、ツンとして気品のようなものを放っている。見るからに砂の含有率が高そうな赤茶けた土は明らかに日本のそれとは違う。この施設ができる前は荒れ地だったそうだ。そこを軽く整地して畑地として利用しているのであるが、ここで日本並の作物や収量を期待するのは並大抵の努力では不可能であろう。とりあえず、草勢で土壌の肥沃度を簡易的に判断し、どこに何を栽培するかを決定したようだ。早速、我々は大原の案内で農場を見て巡ることにする。圃場面積は延べ五ヘクタールで、東西に長く長方形に伸び、作業効率の面から考えればよく整備されていると言っていい。すぐに目に入ってきたのは圃場の脇にある塹壕のように直方体に溝が続いている。深さは一メートル位だ。

「まさか、塹壕じゃないよな」

「当たり前だろ、昨日の例の爆音が相当効いてるな」

「いやなことを思い出させるなよ」

「あの音は直慣れるさ、俺もすぐだったから。まあそれはともかく、あの溝は何と言うか実際経験すればすぐ分かるけど雨水がどんどん流れるのをあそこで止めるのさ。とにかく、雨季は毎日すごい雨がやってくるからな」

まさかきちんと整備された畑の中で塹壕とは考えにくかったけれど、昨夜のものすごいご挨拶は戦時下であることをこれでもかと言うほど思い知らされた。圃場に続く直方体の穴は戦争映画に出てくるいかにもそれらしい形をしているのだ。スコールは一体局地的にどれくらいの雨を短時間にもたらすのか、是非とも拝見させていただきたいものだと期待してはいけないのかも知れないが、私の期待感を膨らませた。

東西に広がる圃場全体に植物が植わっている訳ではない。むしろ赤茶けた土のほうが目立つ。そんな中で青々とした緑がいかにも凛とした装いであるかのように視覚に入る。落花生ととうもろこしである。落花生は分枝が広がり順調に生育している風である。すでに開花を終え、その名が示すとおり枯れた花からは子房が押し出され、その先端（子房柄という）が勢いよく土中に突き刺さっている。上の方にいくつか遅れて咲いたのか、濃い黄色のかわいい花がある。土への侵入に成功した子房柄が数え切れない位の量なのだ。土中に潜り込んだ子房柄はそこで肥大しあの落花生となるのだ。枯れて落ちた花が土の中で実をつけるという不思議な作物である。この落花生は脂質やタンパク質など栄養価も極めて高い上に、マメ科植物なので空気中の窒素を固定するという得意技を持っているのだ。しかも、その中でも窒素の吸収量が格段に多いのである。また栽培も比較的容易で、畑作営農上最も優れた作物の一つと言えるのだ。とにかく落花生はこの地でしっかり根を張り、十分過ぎる程の成長が確認でき輪作作物としてかなり期待できるという結論を早々に下すことができた。とうもろこしも順調そのものである。これも、初期生育に十分注意を払えば、一般的な収穫量を確保する栽培が可能であることが予想できる。我々はゆっくり東から西へと足を進ませる。整然と区画整理された圃場にはぎっしりと作物が栽培されていないので、所々歯が抜けたように独特な土色が露出し、その赤茶けた土は生命体が逞しく生活するその美しいはずの風景の美的印象を少々阻害している。西の端に近づいてきた。この光景は今までのものとは一変した。稲のような作物が植わっているのであるが、草丈から受ける印象は、伸びたくても上からの圧力で抑え込まれているような、そんな感じである。葉からは青々とした緑はすでに失い、暗緑色や灰緑色の中に楕円形をした褐色の病斑に侵せれている様子だ。大原はここで熱心に説明しはじめた。

「これは俺のプロジェクトで、何とか畑作でうまく米ができないものかとやりはじめたんだけど。ご覧のとおりさ。いもちにやられてしまった。原因はもちろんいくつか考えられるけどな」

いもち病とは稲の病気の中で一番恐ろしい病気だと言われている。直接的な原因はいもち病原菌が侵入して発生するのであるが、気象条件や環境条件が複合的に関係し極めて厄介な病気なのだ。もちろん、ここで今栽培されているのは田圃で栽培するものとは違い、陸稲である。かなりの耕地面積を褐色病変を持った陸稲が占め、大原の力の入れようも相当だったようであるが、逆にその落胆ぶりもそれ以上のようだ。その傷んだ稲たちはまるでこの地が異質な侵入者をかたくなに拒んでいるかのような、そんな嫌な雰囲気を私は感じていた。大原は窒素肥料がどうだったとか、初期の天候がどうだったとか、縷々説明をしていたが、ぼんやり話に耳を傾けてはいたが、自分の思いをいつしか巡らせていた。メコンデルタは世界一と言われるほどたっぷりと米が収穫できる。それを苦労してここで陸稲を栽培する意味はあるのだろうか。確かにこのセンターが自給自足するためには、米は当然作らなければならないであろうが、栽培環境に合わない、口に合わないであろう陸稲を無理して作る必要性は薄いような気がする。しかし、今はまだ研究・実験の段階であるから、まあ色々挑戦してみないと分からないものだ。とにかく彼は米にこだわっている様子だ。今度は種をどこそこの種苗会社から取り寄せ、ある程度の結果を出すまでは日本には帰らない、そんなようなことを話していたようだ。

陸稲の無惨な姿も影響したのか、随分気温が上昇してきたことに気づいた。ちょっと一服したい欲求にかられた。そしてゆっくり周りを見渡すと、平面が広がる畑には木陰が存在していないことに気づいた。何か妙な違和感というものを朝から感じていたのだが、四方を見渡してもこのセンター内には樹木と呼べるような木が一本足りとて植わっていないのだ。植物は定規で測ったようにきちんと植え付けられてはいるものの、妙に殺伐とした雰囲気を醸し出しているのは、ここでは血で血を洗う争いが現在進行中であると同時に、奇異な土色から来るものだろうかなどと何となく思っていたが、周りに樹木がないことが一番の原因であろうと、納得した。ここは戦争の惨禍に巻き込まれ、両親を失い、心身共に痛手を負った子ども達が技術を習得し将来、社会で活躍するための場だ。そんな子ども達が精神的に立ち直るための環境整備というものが単に技術論や方法論だけではなく、必要な気がする。もちろん学習や生活に必要な設備は十分過ぎるほどであろうが、ちょっとした心遣いが人の心を和ませてくれるものだ。とにかく、箱物を建設し必要な施設をつくることが先決であったのだろう。

我々は容赦なく照りつける太陽からいったん身を隠すように、北側の角にあるいかにも素人が大急ぎで作りましたという畜舎で一服することにした。例の塹壕のような堀には幅五十センチ位の板が橋代わりに掛けてある。畜舎はその堀の向こう側にあり、お粗末な建築物とは言え、かなり大きな建物だ。大原は自分のこれからの考えをあれからずーと話し続けている。彼の両親は宮崎平野でその温暖な気候を利用して施設園芸を中心とした農業を経営している関係で、私と同級生とはいえ、子どもの頃から農業に親しんでいることから農業の知識や技術は比べものにならない。彼の経歴はなかなか面白く、心臓病で長期入院したため中学校を四年かけて卒業している。両親の苦労を目の当たりにしたため、農業という進路はむしろ感情的に忌避し、迷わず高専への進学を選択した。農家の子弟にはありがちなことだ。世の中、高度経済成長の真っ直中、理工系は引き手数多でもてはやされた時代だ。そこで工業化学を専攻したのだが、そこで挫折した訳でもないが、在学中食料問題にぶつかって農学部の門を叩いたという具合だ。決断も速いが行動力も持ち備えた頼りになる男だ。少々野暮ったいがそこがまた彼の魅力を増大させることに寄与している。頑丈そうな肉体から繰り出すそのパワーはとても心臓病を煩った者とは考えられないほど強健そのものだ。

畜舎は外観から受けるイメージとは異なり、意外にしっかりと建築されていた。

「結構ちゃんとした作りじゃないか」

松江が大原にすまし顔で言うと、

「失礼なこと言うんじゃないよ。これは藤木さんがちゃんと設計図をひいて、かなり機能的にできてるはずだぞ。俺がここに来たときは丁度みんなで建てはじめたときで、結構苦労したんだ。素人大工としては最高級品だろうな。見てみろよ、豚も鶏も快適そのものって顔してるだろ」

豚は直射日光を避けるように広々した運動場から屋内に入り横たわって大きな腹を揺するようにガーガー息をしている。鶏と言えばこれもやはり屋内で忙しく餌箱をつっつく動作を繰り返している。畜産のちの字も解せぬ我々にはよく分からないが、少なくとも苦しそうな顔つきでないことは確かなようだ。この中は意外に風通しもよく、今の時間、風が抜けると爽快感すら伝わってくる。不思議と糞尿や動物特有の臭いもほとんど感じないのだ。

「明日からは、ここの前の畑の天地返しをみんなでやることになっているから。いかんせんこの土だからいい物を作れというのが無理な注文だ。とりあえずここを深く起こしてありったけの有機質をぶち込む。そしてその効果を確認するって予定だな」

言い方は乱暴だが、大原の土壌改良への期待感が手に取るように伝わった。

すかさず松江が優等生らしく反応した。

「有機質って何使うんだ。とてもじゃないが、この家畜数だけなんて足りないじゃないか」

「もちろんだ、こんな状況でやれ完熟堆肥がどうだとかそんなことは言ってられない、何でもかんでも入れちゃうんだが、主に精肉屋の残骸とでも言おうか、解体した後、不可食部分のやつだよ。その他この訓練センターで出る残飯やら草やら分解可能なら何でもってとこかな。そのためにも一メートル位掘ることになるが」

「そんな生ゴミのようなもの使っちゃ、畑はかなり寝かせなきゃな」

「普通はそうだけど、日本と温度がかなり違うからな、結構速く分解されるようだぞ」

いずれにせよ、天地返しは我々の得意技で、未熟な我々がここで手っとり早く力を発揮できるのはこれくらいかも知れない。


現在の農業経営と言えば、モノカルチャー的要素が極めて強い。畑作ならばそれ以外の農業はやらない、しかもその作物もキャベツだけとかレタスだけという経営だ。その方が技術的な問題であるとか、肥料や農薬あるいは機械の稼働など省力且つ効率的なのだ。高度経済成長と共に効率第一主義が当然であるかのようにそれが社会風潮となり、農業の発想もそうなることは自然だ。それでも複合経営や有畜農業を頑なに遵守している数多い農民も当然存在する。我々の農業に対する考え方はもちろん後者である。土そのものが生み出す力を基本的にはとても大切に考えている。土が十分に力を発揮するためには、そのための条件作りを人間がしなければならないのである。それは有機質肥料を十分に土中に供給してやることだ。可能ならば十分に発酵した堆肥を豊富に施用することである。堆肥というものは実に偉大なはたらきを土の中で展開してくれるのである。ただ肥料としてのはたらきに留まるのではない。もちろん養分として重要な要素であるが、土の細かい粒子同土をくっつけ、その一つひとつの粒子を大きな塊に変化させるのである。簡単に表現するならば、黒くてフワフワの土になるのだ。有機質が土の粒子同士をくっつける丁度糊の役目をすると考えると分かりやすい。その結果、土の中はどの様に変化するのか。大きな塊となって隙間が多くなった土は水分を吸着しやすくなると同時に肥料分をしっかりため込んで逃がさない、しかも余分な水分は重力に従い下方へ流れて行くという一石二鳥にも三鳥にもなり得るのだ。更に土壌微生物も増加し、多くの小さな生物達の生活は土中を活性化させ、いわゆる生きた土になるのである。このような豊かな土にするためには当然有機質肥料が必要となる。その原料を得るためにも農業と家畜は不可分な関係なのだ。一昔前の農家には、鶏が庭先で餌を啄み、豚や牛の一頭や二頭がいたものである。畜産農家でなくてもいくつかの家畜が飼育され、立派な換金物を生産していたし、自給用の良質なタンパク源であると同時に土づくりの基本である堆肥を生産するうえでも、極めて重要な役目を果たしていた。大地から食料を生産しようとするとき、本来有している大地の腐植を搾取するのではなくその恵みを享受した生産者は恩返しをしなければならない。土と人は共生しているのである。それが未来永劫、我々に食料を授け、豊かな大地であり続けるだ。この信念が当然この地においても家畜の飼育を導入させたのである。

「天地返しと言えば国高を思い出すな」

と誰かの声が聞こえた。

国高とは茨城県にある日本高等国民農業学校のことで、農業の専門学校である。我々は一年に一度はこの学校を訪れ、ワークキャンプを行っていた。我々のサークルの顧問である教授がかなり昔のことになるが、この学校に勤務していた関係でキャンプの場所をいつも快く提供してくれていた。

「あの天地返しに何か美的なものを求めていたような気がするよな」

と松江が一語一語はっきり言いきった。

「松江お得意の哲学がはじまるぞ」

と大原が嘲笑気味に言う。

「確かにそうなんだ、きちんとした直方体の穴をスコップで掘り進む。目測ではあるが曲がっていると納得できないんだよな。そんなことどうでもいいことなんだけど、最後にきちんと修正して綺麗な直方体が完成したときは不思議と美意識が高揚し満足するんだよ。すぐに肥料を入れて掘ったそばから埋めちゃうんだけどな。それは視覚的な美だけではないんだ。土との一体感とでも言うのだろうか、とても小さいことかも知れない、いや現実はほんのささやかなことだ、しかし何かとてつもなく大きな何かをやっているような、そんな感じを受けるんだ」

と私は松江にのせられたように小声で呟いた。

「肉体的にはきつい。すぐに汗が吹き出してくる。こんなこと機械でやればいいじゃないかとも考えるよな。すぐ近くでトラクターがうなっていたら余計にそう思うよ。冗談じゃないよなんて正直言って思うこともあるが、違うんだよな。天地返しに限らず、農業ってやつはそんな魅力があるんだよな」

と松江が言うと、まだにたにたしながら大原は
「お前ら学生さんには農業の厳しさが分かってないんだよな、そんな甘いもんじゃないぞ。生活がかかってくると、理想なんて言ってられないこともお釣りがくるくらいいっぱいある。やれ油が上がったとか、卸値が下がったとか。でも魅力があるけどな」

と偉そうに言ったが、それは全然悪印象を持ちあわせていないのが、彼の人徳である。

「とにかく、天地返しの効果は今年証明されたじゃないか。去年我々が国高でやったところ、その畑は調子良かっていう報告があったじゃないか。例の寒の戻りで他は相当やられたらしいが。これこそ美だよな、松江」

「もちろん、そうだけど、それ以上に人間形成の場として捉えることが僕の場合大きいけどね」

「大原、この家畜はどっから持ってきたんだ」

と私が大原に尋ねると、

「もちろん、日本からさ。韓国でやってた先輩の仙波さんていたろ、あの人畜産の専門家だったじゃない。今は日本にいるから、小松さんが仙波さんに頼んで手配してもらったって言ってたけど」

鶏は赤系で卵肉兼用種のようだ。豚は大ヨークシャーという品種で、白くて耳がやや垂れた大型のやつと赤毛のこれもまた大きな品種のデュロックがいる。デュロックはどう見ても雄だ。

「こちらのでっかい赤いやつは雄だよな」

「立派な睾丸が見えないのかよ、雄に決まってるだろ。そう言うのを愚問と言うんじゃないか」

「いやいや、そういうのを厚顔無知なんて言うんだよ」

と松江がおちゃらけた口調で口を挟む。

「豚なんて目の前でそうそう見る機会がないからさ、机上の学問ってやつの泣き所ってとこだな。でも、専門書から品種は分かるのに雌雄の区別も侭ならないなんて笑っちゃうよな」

「お前のように、豚の雄雌も区別がつかないなんてのは極端過ぎるが、実践が伴わない農業でも農学でも無に等しいと俺は思うぜ。むしろ実践が先走るくらいでないといけないんじゃないかな」

松江がまた口を挟んできた。

「農学栄えて農業廃ると言うじゃないか。もちろん日本の農政の在り方が一番の問題だ。戦後の経済政策は西洋に追いつけ追い越せで豊かさとは物だ、金だと国民が一丸となって遮二無二邁進してきた。軽工業から重工業産業へと転換し、世界有数の経済大国という勲章を自らの努力で獲得した。経済理論の常識どおり国を揚げて頑張ったという訳だ。農業って言うやつは高度経済成長には重荷なんだよな。その結果どうだ。国民の農業に対する意識はどうなっているんだ」

「松江の言うとおりだ。僕もよく感じることは、学校教育にもかなり問題があるんじゃないかなと思うんだ。小学校にせよ中学校にせよ、農業というものに対する、いや農家の仕事と言ったほうがいいかも知れないかな、その重要性についての理解が余りになされていないような気がするんだ。むしろ、農業するより会社や工場で仕事をするほうが上等だというそんな印象を持たせてしまう。これが全てではないだろうが、もっと小さい頃から農業や農家の素晴らしさや大切さ、夢や希望が膨らむような、そんな話があっていいんじゃないかって何度も思ったけどな。これが高校になるともっとすごいんだな。例えば僕の高校時代の話になるが、進路の面談で農学部の希望を告げると担任はびっくり仰天だよ。どうしてわざわざ農学部なんかへ行きたいんだって感じだぜ。思考回路の中に農学部なんて語彙がないんだよ。現在の日本の農業は危機に瀕している、一生懸命勉強して農業界で大いに活躍してくれなんて言って欲しかったね。まあそれは冗談として、現状が実に顕著に出ていると思わないか。大原なんか特にそうだろ。工業化学から全く畑違いの農学へ華麗なる変身、農芸化学ならまだ共通点はあるが、作物だろ、高専の先生、腰抜かしたんじゃないか」

私は妙に雄弁にしかも正に立て板に水の如く口が動いた。

「俺の場合は宮崎の農業地帯だからな、特に施設園芸でみんな頑張っているところだから、それなりの理解はあったと思うけど。でもそんなことも影響してるんだろうな、大学の農学部へ入って来る奴は、白衣着て、試験管振ることに夢中だもんな。これをもちろん否定はしないさ。大学ってとこは研究ということがとても重要視されるからな。でも何かとても大切なことを忘れてるんじゃないか。農業というのは自然があって、土があって、それを生かすというか、うーん、生かすって言い方は傲慢かも知れないな、自然と共に生きていくという感じかな。とにかく土が遊離しているんだよ」

しばらくこんな会話が続いたが、また馬鹿にされるのを承知で私は大原に聞いてみた。

「農業問題は取り合えず一段落させて、雄の豚を飼うというのは、繁殖のためだよな。畜産っていうものをほとんど知らないから聞くんだけど、どうして雄と雌、別々の品種を飼っているんだ」

「俺も詳しいことは知らないけど……小松さんからの受け売りだけど、案外小松さんも仙波さんの受け売りかも知れんが、豚って奴は純粋種より雑種のほうが生育もその肉質もいいらしいぞ。だから異品種同士交配させて、その一代雑種を肉豚用として飼育して出荷する、本当は一代雑種とまた違う品種を交配させて三元雑種の小豚を飼育するのが養豚界の常識らしい。そんなことを言ってたな」

「って言うことは、その養豚界の常識とやらで言うと母豚か雄のどちらかはF1でなければならないということになるな」

「たぶん母豚をF1にするように記憶しているが、ここにいるのは両方純粋種だから生まれる小豚はF1になるけどな。取り合えず適当な品種を二種導入し、これから考えて行くつもりらしいぞ。俺はよく分からないけど、担当の藤木さんはそういうつもりらしい。詳しいことを知りたきゃ藤木さんに聞けよ」

「まだ聞きたいことがあるんだが、鶏のことなんだが……藤木さんにするか」

「その方が賢明だと思うよ」

涼しささえ覚える畜舎ですっかりくつろいでしまった。ぎらぎら輝く太陽の下へ出ることに少々閉口しながらみんな重い腰を上げた。正午近くの太陽は早朝のそれとはすっかり趣を変え、何か勤労意欲を喪失させるような脱力感を覚えると同時に畏怖さえも放っている。私の脳裡には突如としてエジプトか何処だか国名は忘れたけれど、とにかく赤道直下の国だった思うが、そこの子ども達が描いた太陽の絵を思い出させた。その絵の数々は日本の子ども達が描くそれと違い何か重苦しさが表現してあるのだ。太陽とは決して有り難いものではないどころか、驚異となるものであるかのように描かれている、そんな絵だ。その時は何やら不思議な印象を持っただけだが、このギトギトする暑さが来る日も来る日も続けば、極めて迷惑千万な存在であることも理解できる。

「それにしても暑いな」

「半端じゃない暑さだよな。もうそろそろ十二時だから、昼飯食べたら二時間ばかり昼寝だ。このくそ暑い時に外で畑仕事なんかやってたらくたばっちまうのがおちさ。正午過ぎからちょっと陽が傾くまでは外は人っこ一人いないぞ。郷に入れば郷に従えってとこだな」

と大原はみんなを元気づけるような口調で言った。畑にはピーマン・ナス・トマトなど日本で普通に見ることのできる野菜が栽培されていることを確認しながら農場を見て廻った。日本の夏の畑とほとんど同じである。一周りして最後の区域に入ると今までとの景色も様子も一変する。畜舎と丁度点対称の位置にある場所だ。方角で言うならば北東の角ということになる。それまではいわゆる露地栽培だったが、そこは施設栽培ではないが木製の柱のようなものが幾つも立っていて、そこに黒い寒冷紗がかなり広い範囲で覆ってある。寒冷紗は人が立っても頭に触れない程の高さに張ってあるので二メートル弱と言ったところだ。そこにはリーフレタス・キャベツ・山東菜などいわゆる高原野菜と呼ばれる葉菜類が数種類栽培されている。

「ここは小松さんが一番力を入れているところなんだが、あまり上手く行ってないというのが正直なところだな」

すかさず松江は理論家らしく切り返す。

「上手く行かないっていうのは、具体的にどんな問題があるんだ」

「もちろん気候的なことだよな。この熱帯で栽培しようとすることにまず無理がある。例えば、気温だよな。もともと高温を嫌う野菜だから、温度対策がまず問題になる。寒冷紗で遮光して強い光を弱めることでかなり温度を下げることができるがそれでも高いんじゃないかな。それに年中暑いから、日本と比べると虫の量は比較にならない程多いんだ。目を離すと翌日は丸裸なんてことになる。大袈裟じゃなくて本当にそうなんだ。じゃどうするかってことになるよな。仕方ないから農薬使う、それも相当量ということになる」

有機農業を標榜する小松さんが、ある意味その真逆とも言える行動を実践しているということには大いに疑問が沸く。当然納得できない私は
「何でそうまでして小松さんはこれにこだわっているんだ」

「うーん、まあ色々あると思うけどなー、それは本人に聞いてくれよ」

大原は珍しく奥歯に物が挟まったような言い方で答えた。確かにこの辺りではとてもお目にかかれないような高原野菜がきちんと並んでいる。大がかりな遮光の影響か、その姿は軟弱・徒長気味で脆弱な印象を受ける。安全で旨い野菜を作るんだと常々公言している小松さんが何故こうまでしているのかは大いに疑問である。農場を一周りして、最後に見たこの施設栽培は確かに近代的なイメージを誰もが持つだろう。いかにも先進的な技術を駆使し、何か画期的な農業が始まるという期待感を漂わせるが、大きな疑問も同時に抱かせるのだ。そんなもやもやとした気持ちを抱えながら、農場の現状を大まかに確認し、昼食をとるため、宿舎に戻った。

バーサウはもうすでに昼食の用意を済ませ、我々を笑顔で迎えてくれた。フランスパンだけの朝食には少々閉口したが、食卓には数種類の惣菜が盛りつけられた小皿が豪華に並んでいる。真ん中に山のようにご飯がドンと置いてある。どれもとても美味しそうだ。中華風の炒めものがほとんどで、特別に辛いとか、しょっぱいとか、特有の臭いや味のする

ものはない。もっとも、ニュックマムに慣れればの話であるが。ニュックマムはヴェトナム人が好んで使う調味料で魚から作った醤油と言えば何となく日本人にも想像できるだろう。ニュックが水を意味しマムは魚や肉を塩漬けにして発酵させたものを指すという。イワシの一種らしいがカーコムという小魚を塩漬けし、一年位寝かせてその上澄み液を精製したものだ。独特の風味と香りを持ち、魚をこよなく愛する我々日本民族には馴染みやすい味で、これが結構いけるのだ。米はもちろん豊かなメコンデルタが育んだインディカ米だ。少々ぱさついたこの長粒種を口にしながら、だいぶ前の話だが、グエンと交わした会話を思い出した。

私が

「日本に来て一番美味しい食べ物は何」

と尋ねると、彼は何のためらいもなく

「お米です」

と答えた。外国人のお決まりであるてんぷらとか寿司という類の返答を勝手にイメージしていた私は全く予期せぬその答に一瞬言葉を失い、

「ど、どうして？」

といういかにもその返答には不満であるというような口ぶりでその言葉を繰り返した。

「ヴェトナムのお米はパサパサしているんです。米そのものが持つ味を楽しむという感じではありません。日本の米は少しねっとりした感じで、口の中で美味しい味が広がってくるような気がします。だから美味しくて美味しくていっぱい食べちゃうんです」

「悪いけどヴェトナムの米ってそんなまずいの」

「まずいっていうのとはちょっと違うんだけど……ああ美味しいなって食べたことはなかったという感じかな」

「分かるような気がするな。僕だっていつも食べてる米が、ああうまいなんて感じないよ。でも、新米とか魚沼産コシヒカリとか値の張るやつを食べるとうまいなーなんて実感する。この比較が適当とは思わないが、それに近い感覚なんだろうね」

こんなやりとりだった。彼とのこんな会話は普段何気なく食べている日本の米の旨味について考えるいい機会となった。日本の稲作技術は世界的にもトップクラスであろう。もう、とうの昔に単位面積当たりの収量を如何に増大させるかという増収技術を卒業し、うまい米づくりが花盛りである日本と比して、東南アジアにおいては、貧困と飢えに喘ぐ状況下、緑の革命と称して食料生産に相当量エネルギーが注がれているが、当然味よりも量で勝負するということが先決である。近年ＩＲ８という品種が開発され、味のほうはよく分からないが、米の生産量が飛躍的に増大したと聞いている。今、ヴェトナムの米を頬張りながら、日本米と比較してうまいとかまずいとかを云々することに所詮無理があるのではないだろうかと感じている。古来からその土地が育んできたものには、決定的な要因なり利点があるはずだ。もちろん、ぱさついたこの米がとても美味しいとは感じないが、その食味が醸し出す刺激は豊かなメコンをより一層印象づけるのだ。皿いっぱいに盛られた山のようなご飯はみるみるうちに我々の胃に納まって行く。バーサウは静かな笑顔で食卓をうかがっているが、朝食の時のように目を丸くするようなことはない。むしろ、大食漢揃いが次々と口の中に放り込む様子を楽しんでいるかのようにも見て取れる。しかし、彼女の本音はどうなんであろうか。女・子ども以外は徴兵され、戦場で自分の生命をかけ、敵対する相手との息詰まる戦いを余儀なくさせられている。自分の家族の生命がいとも簡単に奪われてしまう。また同じ民族の生命を奪い取ることにもなる。そんな恐怖と貧困の中で、彼女も必死に生きているのだ。彼女の目には我々がのんびり太平そうに映っているかも知れない。そんな我々が腹いっぱい食事をしている、いわばヴェトナムの人々とは正反対の生活をしている姿を目の当たりにしている、そんな可能性も考えられる。優しい澄んだ黒い瞳の奥には一体何が潜んでいるのであろうか。しかし、私のそんな心の機微を知ってか知らずか、美しい瞳からはそんな淀みは微塵も読み取ることはできない。ただただ無垢な瞳に吸い込まれそうになるだけだ。我々日本人の経済感覚からすれば、僅かな円で、こんな豪華な（少なくとも貧乏学生にとって）食事にありつける喜びに感謝しつつ、用意された皿を見事なまでに空っぽにすることが、私にできる最大の謝意の表現であることを自分に言い聞かせた。

「ウィドウヴィレッジには何時頃出かけることにしようか」

と黒田さんが皿の料理もなくなりかけてきた頃切り出した。

すると大原は、

「そうですね、今日は取り合えず私が案内しますが、明日からは皆さんだけで行って下さい。いつもそうですが、お昼はどこへ行ってもみんな昼寝をしているんで、暑さが多少和らいだ三時過ぎがいいと思いますが」

と前もって練習でもしていたかのように答えた。焦げつくような炎天下、陽の高い時間は人の姿を見ないという。みんなそれが当然であると言うように家の中で、あるいは木陰のハンモックで昼寝を楽しむんだそうだ。楽しむという表現は語弊があるのかも知れない。熱射病や日射病と何故、戦わねばならないのか。命をすり減らしてまで労働に勤しむ必要性などないのだ。早起きして畑を耕し、暑い日中は体を休める。夕方近く再び必要な作業をする。これがここで生活する人々が自然の営みの中で、永い歴史を積み重ねて培かってきた生活習慣なのだ。現在は戦争という特殊な状況下にはあるが、普通の人々の普通の暮らしは不変である。これを文化が未発達などと誰が言えようか。猛暑の中、それを我慢しながら一生懸命仕事をすることが美徳であるなどという価値観はその国民性であるとか地域性であり、違う価値観を有する者がそれを異なった地域で独善的に押しつけるということは否定されなければならないはずだ。午後はゆっくり休息を取るという習慣はそれが怠惰であるという問題ではけっしてない。人間は悠久の時の流れの中で、自分達にふさわしい生活様式を形成してきた結果である。戦火という特殊な条件下にあっても普通の民衆は時間の流れに身を任せ、生活を続けるしかないのだ。

「とにかく三時頃まではそれぞれゆっくり休息をとって、それから出かけることにします」と大原は続けた。我々は食後の片付けも全てバーサウに任せ、早々に横になることにした。

ウィドウヴィレッジとは、このセンターに隣接している村の名称で、一九六一年に建設され、翌年から入居が始まったらしい。ウィドウの名が示すように戦争で夫を亡くした家族が入居できる村で、無計画に広がって行った人間くさい町とは違い、区画整理された敷地に家がきちんと並んで、いかにも行政的な臭いがする特異な場所という印象を持つ。センターから徒歩で僅かなこの村の生活や農業についての調査を渡越前から事前に我々は計画していた。今日から午前はセンターの農場で支援活動を行い、午後はその村で調査活動を行うという日課になるのだ。

まだまだ体力の蓄えを十分に有している我々は昼寝もそこそこに出かけることにした。学術的な興味というよりは、荒廃した大地で人々がどんな表情をして、どんな生活が実際に営まれているのかというようなことをこの目で確かめたいという期待感で、妙に鼓動が高鳴りのんびり昼寝どころではなかったというのが正直なところだ。

ここでは常に南中しているのではないかと思いたくもなる陽射しだ。早朝と日没を除けばいつも頭の芯が太陽の持つ、とてつもないエネルギーに狙われているよだ。宿舎を出ると赤茶けた渇いた道が南北に走っている。その西にもう一本の道が平行線を描いていることを確認できる。このセンター内は東西・南北に大型のダンプが十分に通行できるだけの幅を持った道がそれぞれ二本ずつ走っていることになる。もちろん赤い土が露出し、舗装などしてないやつだ。上から見ることができるならば、きっと井戸の井の字に見えるのであろう。周りは全てぐるりと金網のフェンスで囲まれているため、このセンターの出入口は一つしかない。宿舎の前の道を東に進むと出入口に向かうことになる。宿舎からおよそ二百メートルほどであろうか、談笑しながらゆっくり足を運ぶと出入口には三畳間ほどの簡易的な建物がある。もっとも入り口に看板もないので、いったいここが何の施設であるのかが分からないし、関係者以外訪れる人もない。出入口の門扉は夜間を除いては常時開放されているので、外から覗いても閉鎖的な印象を持つことはない。その簡易建物の窓から浅黒く日焼けした痩せた中年の男が顔を出し、笑顔で声をかけてきた。我々の理解できるヴェトナム語は片手で数える位だ。

「こんにちは」と言っていることはさすがに理解できた。他は皆目分からなかったけれども、笑顔で「こんにちは」と応えてセンターの外へ出た。このセンターの出入口に詰め、人の出入りをチェックすることが仕事のその男はファンと言う。我々と笑顔で挨拶を交わしたけれど、ちょっと奥に引っ込んだ瞳は神経質そうに動いた。やはりガードマンという仕事柄なのか、それとも現在の異常な社会状況がそうさせているのか分からないけれど、私の心は少々引っかかりを覚えた。門を出るとすぐ左手に家屋がある。もう随分年数が経過した印象を受ける木造家屋である。地際部は朽ちているようにも見える。

「あれは何かの店か」

と大原に尋ねると

「いわゆる万屋ってやつだな。食料品だとか、生活用品なんかが置いてあるんだけど、結構重宝するぞ。もともとこのウィドウヴィレッジが建った時にここに店を出したと聞いているけど。歩いて行ける商店と言えばここしかないし、言葉が喋れないと言ってもふんだくるようなことはしないから安心だ。みなさんもあの店のおばちゃんと、がきっちょのためにせいぜい買い物してやって下さい」

と笑いながら答えたかと思ったら、足を止めるや突然硬い表情を浮かべ、続けて話し始めた。

「ここを右に折れるとすぐ村に入ります。もう少し歩けば、家が見えてきますが、村の人達にとって今日はとにかくみんな初めての顔だし、こんなに大勢の若者がこの辺をうろつくということもおそらく過去になかったことだと思うので、あんまり大声を出さず、そうかと言ってひそひそ小声で話すのでもなく、またきょろきょろ好奇な目で見ないようにして下さい」

そう言った後すぐ、

「ちょっと難しい注文かな、まあ普通にやりましょう、普通に。もっともこの時間はどの家庭もみんな家の中で休んでいると思うけど」

と照れた感じで言い訳っぽく言った。しかし、その瞬間、その場には緊張がみなぎった。戦場に来ているんだという認識は昨夜否応なしに経験させられ実感したはずだ。物見遊山のためにはるばる出かけて来たわけではないことは重々承知のはずだが、ついつい話に夢中になると、その場の意識というものは東京にいる時のそれと同じになってしまうものだ。

家並みが目に入ってきた。こじんまりとしたトタン屋根の木造住宅がきちんと区画整理されて並んでいるが、建物の周囲一面には鉄条網が覆い、まるで全ての外来者を一切拒絶する厳しさを放っている。戦争映画によく登場するぐるぐる巻きの鉄条網だ。兵隊とかテロリストなんかが、これを上手くくぐり抜け、匍伏前進していく訓練を映像で何回か見た経験があったが、それが今にもぐるぐる動きそうなそんな錯覚を起こすのである。スティーブマックイーンがバイクで飛び越えたような高さを持つそれに保護された中に、果たして入り込むことが可能なのかどうか、逡巡せざるを得ない。

「こいつはすごいな」

私は思わず小声で口走る。

「一見恐怖感すら覚えるでしょうが、それほどのことはないんですよ。日本で言うならば、ここは公営住宅のようなものですよね。たまたまこんな塀にしたんじゃないですかね。予算的にも安そうだし安全面も結構期待できるしね。もっとも私も最初見たときは度肝を抜かされましたから、みなさんの心中はお察ししますがね」

と大原は説明し、ここの人達はそれほど閉鎖的でもないし、見知らぬ他人に対しても必要以上に慎重でもないから、心配する必要はないんだということをつけ加えた。我々はゆっくりとその住宅に挟まれた乾いた道をぎこちない足どりで進んだ。どの家も構造は同じで、建坪は十五坪位であろうか。家屋が敷地の中心に位置し、その両側には家屋と同じ位の土地が左右にある。もちろんどの家もそれを畑に使用しているが、植わっている作物のほとんどはキャッサバである。葉ものであろうと思われるが、見慣れぬ葉っぱも植わっているが、その名は確認できない。そんな野菜らしきものもある。家の裏側にしか大きな樹木がないので、道路からの目隠しといえばぐるぐる巻きの鉄条網だけで家々の様子をうかがうには何の障壁もない。鉄条網は入り口部分が開閉式になっていて、どの家もその部分は開放されていることを次々確認すると、不思議に異様感は薄らいでいった。

大原の言うとおり、この暑い盛りに、威勢が良いと形容するのか、愚か者と呼ぶにふさわしいのか、おひさまに抵抗しようなどという者はいない。村中が静まり返り、暗闇で息を潜めて敵の過ぎ行く時間に耐えているような、そんな錯覚すら脳裏をかすめる。道を挟んだ両側の家並みには確かに生活感は存在する。しかし、ギトギトした生活臭のようなものはしない。私が今までに経験したことのない硬質な臭いだ。どんな町にも村にも、都会でもそこにはそこ独特の臭いというものが存在する。もちろんそれは嗅覚から受ける刺激が多いが、視覚や触覚を通した複合的な生活臭だ。家庭菜園と呼ぶには失礼な程、本格的な畑には食料としての植物が植わっている。まさに生きるための農業を目の当たりにしている。木と木につないだ麻紐らしきものには着古した洗濯物が引っかけてある。しかし、この村は何か人間らしい臭いに欠けているのだ。真昼の総天然色の下、何もかもが焦げつきそうな暑さでの張りつめた静寂・緊張という特異な条件が、私の五感から生活臭を消し去ってしまっているのかも知れない。住人はこの時間暑さを避け、本当に家の中で一眠りしているようだ。人の気配が全く感じられない。どうやら、この時間帯は人に会ったり、人に見られたりする心配がないと確信すると、固い足どりも緊張感も徐々に弛緩して行くのを覚える。

「あれは人じゃないか?」

と黒田さんが指さした。みんながその方向に目をやる。村に足を踏み入れてから何軒目であろうか、ようやく人を発見した。遠目に木陰も手伝い風貌はほとんど確認できないが、大人であろう男性が大きな木と木にハンモックを結んで、木陰の下、のんびり昼寝を楽しんでいるようである。そんな無防備な人の姿を目にした瞬間、少しずつではあったが氷解していく硬質な違和感から柔和な安堵感が流れ始めた神経系の変化を覚えた。ハンモックに体を横たえ、洒落たグラスに熱帯の豊饒をたっぷりと詰め込んだ極彩色のカクテルを注ぎ、潮の香りを楽しみながら、それをゆっくり飲む。心地よい潮風に応えようと目をやれば、不揃いに並ぶ椰子の間からは白い砂浜が続き、透けるような青い海が穏やかな微笑みを返す。じっくりと吸い込んだ煙草は体内にうま味を残しながら、私の体から逃げだし、潮風と遊んでいる。悠久の時は進むともなく、ゆっくり流れているんだろう。私のハンモックのイメージはそんな優雅なものだ。人を見て、ハンモックを見て、一瞬ではあったものの、そんな夢のような風景と、怠惰とも言える欲求が脳裏をかすめた自分に頬の熱さを感じ、しばらく無口になっていたが、

「ハンモックで昼寝なんて洒落てるね」

と、みんなに同意を求めるような口ぶりで意識して声を出した。

「俺達も一度はあんなふうにやってみたいよな、大原、ハンモックはあるのか」

黒田さんは私の意識を理解したかのように大原に言った。

「なかったと思いますが、なけりゃ買えばいいじゃないですか、町に出れば簡単に手に入ると思いますが。値の張るものでもないし。たぶんさっきのおばちゃんの店にはないと思います」

ハンモックのそんな話がしばらく続いたと思うが、私の耳にはほとんど入って来なかった。我々は住宅が途切れる所までゆっくりと歩いてきた。結局、人に会ったのはあのハンモックのおじさん一人だけだ。会ったというより、人間がいることを確認できたと言うべきであろう。住宅の戸数は道を挟んで片側十数個はあったであろうか、そうすればこのウィドウヴィレッジはおよそ三十戸が並んで建てられていることになる。この村を抜けると、目の前にはサッカーなら公式戦可能なグランドが優に二面は取れそうな、そんな広場

が目に飛び込んで来た。雑草が繁茂する荒れた空き地という雰囲気ではないが、かと言って手入れがなされているというものでもない。乾いて、埃っぽく、熱いという今までとは全く異質な景色である。所々赤茶けた土が露出している部分はあるものの、地べたを這いつくばるような背の低い芝のような緑の植物に一面覆われているのだ。野芝のようにも見えるが、日本で見るそれより厳つい印象を受ける。そのごわごわ感と草丈の不揃いさが手伝い、広場は少々寂れた運動場と呼ぶのにぴったりだ。人もいない、もちろん遊具もない。唯、真平らな土地が広がり、陽炎に霞む遥か前方には町並みらしきものがまるで蜃気楼のようにぼんやり揺れている。

「あれがビエンホアの町です。あそこまで行けば、必要な物はほとんど揃うでしょう。もっとも歩いて行けば、三十分位かかるんで、一人で行く人はいないと思いますが。今度の休みにはみんなで車で行くことになると思います。結構おいしい店もありますから」

と大原が説明した。

ビエンホアは比較的大きな町なので、タンソンニャットを降りて、こちらに向かう時に通り抜けたあの洒落たサイゴンの町並みを思い出し、それを小さくしたような町並みの風景が私の脳裏によぎった。そんな賑やかな場所が戦時下と言えどもあるんだろう。人々が必死に生きている限り、必要な物が売り買いされ、またそのような場所が形成され、さらにそこに人が集まり、町が出来上がって行くのはいつの時代も多少の差こそあれ、当然のことだ。まだこのヴェトナムに来たばかりで、何か美味しい物を食べたいとか、珍しい物を買いたいとか、そんな欲求は全くないが、ちょっとした期待感が心をくすぐった。

「すぐ右手に大きな建物が見えますよね。あれはここからではそれと判断できませんが、教会なんですよ。それも、我々と意外に関係があって、牧師が韓国人なんですよ。もちろんその牧師と以前から知り合いだったという訳ではありませんが、我々が韓国で活動し、その活動場所を失ってから、この地に来て、そのすぐ近くに韓国の人がいるなんて、何か運命的な出会いのような気がするんですよね。その牧師さんはかなり日本語が分かって、少なくとも我々がヴェトナム語はもちろん、英語で話すより数段会話ができます。知り合いになったほうが、これからこの村を調査する上でも何かと得策ですよ。今日はこの時間ですから、伺うのはやめときましょう。また明日、日が傾いてからみんなで挨拶に行きましょう。予定を変更して明日もご一緒することにします。今日はこれで引き返すとしましょうか」

と言うと大原は踵を返し、みんなを促した。

我々は、今来た道を通りセンターへ戻り始めた。とにかく一本道で迷うことなくただただ直進すれば、あの万屋にぶつかり、そこを左に折れればセンターの入り口が見えてくるはずだ。引き返しはじめるとすぐに、Tシャツがぐっしょり濡れている感触が伝わってきた。脇の辺りの汗染みが誰を見ても明らかなのに、今の今まで全くそれに気づかずにいたんだ。額からも汗が垂れている。いつも泰然自若としたこの調査隊長の黒田さんとて同じである。もちろんヴェトコンとおぼしき昨夜の壮絶な射撃の恐怖や極限とも言える緊張との比ではないが、全く未知なヴェトナムの社会に初めて踏み入れる緊張感は焼けるような暑さと、その暑さで吹き出す汗の感触さえ五感から遠ざけていたようだ。誰にも出くわさなかったという安堵感と恐い物見たさにも似た好奇心が不完全燃焼を起こしているような、そんな気分が交錯した妙な気持ちが脱力感を運んで来たようだ。みんなハンカチなどという洒落た小道具がポケットの中に用意されているはずもなく、二の腕でTシャツの袖を上手く使い額の汗を拭う動作を繰り返す。やはり天中から真っ直ぐに降下してくる熱帯の陽射しは熱い。この時間、家の中で昼寝を楽しむなどというそんな生易しい代物ではないことがうなずける。何か気だるい倦怠感を引きずりながら、言葉を発するのも億劫なのか、不思議な沈黙の中、来た道をゆっくりと戻って行った。

帰り道、私はあの教会のこと、韓国人の牧師のこと、畑に植わっている作物のこととか、あれやこれや尋ねたいことが頭の中をぐるぐる回っているのだが、どうにも言葉にして発する気にならず、そんな焦りも手伝ってか、額や首筋から垂れてくる冷や汗にも似た液体を何度も手やTシャツの袖で拭った。

怠惰な沈黙を破り裂くように我々の頭上を一機の戦闘機が爆音とともにまるでセンターの畑にでも着陸するような姿勢で通過して行った。きらりと反射光を残したどす黒い銀色のそれは、余りに低空飛行のため、機体の腹がはっきり確認できるほどだ。その腹からは車輪がむき出しになり、明らかに着陸態勢に入った格好である。鼓膜をつん裂くような波長の極端に短いジェット音が一瞬のうちに遠くに流れた次に、内臓をえぐるような低い轟音が付近を揺すった。

「今の飛行機は一体何処に降りたんだ」

と困惑した表情で黒田さんが大原に尋ねた。

「昨日もお話したと思いますが、センターの向こう側」

と言いながら、ビエンホアの町の方角を振り返り、それよりセンター側を指さし
「あっちにビエンホア空軍基地があるんです。基地は昼寝の習慣がないんで、昼夜、時間構わず今みたいに戦闘機もヘリコプターもバンバン飛び交いますよ。しかも風向きによってはセンター上空を擦るように離発着するんで、結構な衝撃です。まあ深夜の爆撃音と比べたら可愛いもんでしょう」

「こんなんじゃ昼寝どころじゃないだろ、折角良い気持ちで休んでいるのに、とんでも

ない迷惑野郎に邪魔されるようなもんだろ」

黒田さんも恐らく昨夜のあのおぞましい記憶が甦ったのだろう、怪訝な顔つきでそう言い放った。

「いやー、直慣れますよ。びっくりして飛び起きるのも一日か二日じゃないですか?小松さんも山川さんもみんなそう言ってましたよ。もちろん私もさすがに初日は驚きましたが、その後は特に……」

突然の爆音は緊張感から開放された疲労感からくる怠惰な心身に喝を注入した結果となり、再び我々にある種の精気をもたらした。

「よーし、爆音にも勝るとも劣らぬ我々の馬鹿力をビエンホアの大地にお見舞いしてやろうじゃないか。帰ったら直ぐにあの妙に赤い土にご挨拶だ」

爆音が残していった副産物とでも言っていいのだろう、妙な活力をみんなから察知したのか、黒田さんはそう言い放つと、いかにも意識的に一歩一歩地面のじゃりじゃりした赤い土を踏みしめるようにセンターに向け、歩を進めた。

傾きかけたとは言え、まだまだ陽の力は相当のエネルギーを蓄えている。しかし、そんなことには頓着せず、日本にいる時と同じように、我々は赤い大地の上に整列した。

「今日は初めてだから、挨拶程度にしておこう。ゆっくり一時間程度やってみるか」

の合図と共に行儀良く並んだ集団は、心得たもので、はたらき蜂よろしく規則的な作業を開始した。何か目印にするような線を引っ張るでもなく、乾いた打楽器の繰り出すような音を刻みながら先の尖ったスコップがさくさくと大地に食い込んでいく。閉鎖的な未開の地に挑む挑戦者の昂揚した感情を裏切るようにその大地は柔らかい。抵抗を見せることなく、余りに容易く我々を受け入れた彼らに少々拍子抜けしたが、作業は順調過ぎるほどの速度で進む。忽ち汗が噴き出してきた。

「さすが教授が判断しただけの土地だよな。これは使いものになりそうだ。何かわくわくしてきたな」

と黒田さんは浅黒い顔から綺麗に並んだ真っ白い歯を見せて、優しい大きな目で微笑んだ。土壌調査云々と言っている猶予もない状況下、圃場地の決定に二の足を踏んでいた小松さんが栗山教授に泣きついた結果、苦肉の策として「草勢で判断しろ」との助言は、的を射た結果になるであろうことが直ぐさま想像できた。小石や砂利の少なさも意外だ。砂が少々多めかなという難点はあるが、みんな確かな手応えを感じている風だった。

単純に穴を掘る。そして深さ一メートル程のその直方体は、次の直方体を掘るために直ぐさま埋められて行く。端で見ていると、何と生産性が欠落した徒労の連続であろうかと感じるに違いない。しかし、肉体からほとばしるエネルギーを贅沢に引き出し、それを大地にぶつける本人にとってみれば、完成したその直方体は、大地に刻み込まれた彫刻のように、ある種芸術の創造をも体感している。しかし、その鑑賞に浸る間もなく次へ進むために、その彫刻物の中に表層部の土が容赦なくなだれ込んで、それを形の無いものへ変化させるその一瞬はさすがに一抹の寂しさや破壊的、崩落的行為からくる罪悪感も覚える。と同時に眼前には現れないものの、創造的行為としての喜びや、期待感が膨らむのである。

「君たちに去年の夏、天地返ししてもらった畑、あれはやっぱり抜群だね。今年の冷夏で、あそこだけは何ともなかったんだよ。他はあの寒さと日照不足でことごとくやられちゃったけどね、やっぱり根の張り方が違うんだろうね」

国高の先生がこう話してくれたことをこの作業をやるたびに思い出す。同時に、快い勇気が沸点を迎える水のようにぼこっ、ぼこっと沸き上がってくる。作物というものは、農学という超近代的な理論武装を整えても、自然環境のちょっとした悪戯にもろくもその脆弱さを露呈してしまうことが多い。迷信とも思えるような農家のおじさんの非科学的な一言が自然の悪戯を的確に捉えることも数多く経験済みである。長年の経験が生かされる要素が強いのも現実である。作物の根は地上部を見ている限りでは想像を絶する程の深さや広さに進行して行く。土中の条件さえ整えば、その深さは二メートルにも及ぶ。よく大木を見て、この大きな木を支えるためには、四方八方に根を張り巡らせなければならないとか、湖面に優雅に浮かぶ白鳥は、水面下では足を懸命に動かしているんだと、人生訓のように引用されるけれど、手で引っ張るだけで簡単に抜けてしまう草花でも大木に優るとも劣らない根を張り巡らせているのだ。深く耕された土中に力強く彼らが進行していくその様を網膜に映し出すと、この単純とも言える肉体労働に疲労や苦痛以上の意義深さと歓喜に似たものを実感する。

いくら意義深い作業とは言え、きつい作業は時間が気になるものだ。ちょくちょく腕時計と相談するのが常である。しかし、この日は「ここらで止めとくか」の一声があるまで、時間の経過はお互い全く気にならなかったようである。時計は優に一時間を回っていた。重機でがんがんやる速度と比較すれば、兎と亀のようなもので、一時間余りで人一人が掘ることのできる量など知れたものだ。これから一ヶ月以上を費やし完成させる全体量を見渡せば、ちょこちょこっと引っかいた程度で、とても満足できる仕事量ではないが、精神的には妙に満ち足りた量と質であることが、各々の表情で確信できた。農業は誰しもが感じるように、肉体的にも精神的にもとても辛い作業が多い。それは事実である。それを如何にして軽減するかも農業の抱える大命題であった。各農家の耕地面積が狭い、所謂零細農家の多い我が国に於いても農業機械の普及率の高さが示すとおり、肉体的な労働負荷は大きく減少した。高度経済成長による農村人口の都市への流入は、農業労働者を激減させたが、零細ながら辛うじて農村の存続を持続させた大きな要因としてこの機械化、省力化が果たした役割は大きい。逆に機械化貧乏という言葉に代表されるような弊害をもたらしたことも見逃せないが。いくら機械化によって労働が軽減されたとは言え、炎天下の除草など、気が遠くなるような作業を強いられる。天地返しなど手作業でやる農家などないけれど、この荒れ果てた大地がやがて緑豊かで豊饒な大地に生まれ変わることを空想し、いやこれは空想などという絵空事ではないのだ、確かな手応えを体に覚えながら、あれやこれや欲張って脳裏に描けば、機械化以上といえば過言であろうが、肉体的にも精神的にも負荷は軽減されて行く。炎天下の除草でもそうだ。延々と続く畝間を地面にへばりつくように雑草を退治していく。ゴールを目指すには余りに遠すぎる。マラソンランナーもきっとそうに違いないなどと勝手に想像しながら、くだらないことや興味深いこと、下品なことやできもしないようなことを考える。そんな経験を繰り返すうちに自分の生き方とか人間の在り方とか、高邁と言うには余りに稚拙な自分を認識しつつも、哲学とか瞑想の境地に少し触れたかなという実に充足された気持ちに達する。堅苦しい表現を借りるならば、精神修養の場として、その鍛錬に意欲的に努めることにしている。そして大地と緑は、私自身を地球いや、大宇宙におけるほんのちっぽけな存在と知らしめると同時に、たった一人しか存在しない確かな自分を認識させ、「優しく生きろ」と呼びかけるのである。緑の優しさ、大地の優しさ、人の優しさとは漠然としていて、溶明してくるや、それを手に取ろうとすると、直ぐさま溶暗してしまうのだ。

今ここに私がいることは、優しく生きるためなのか。まさに阿鼻叫喚の世界へ飛び込み、少しでも役立つことがあるはずだとそれを模索することは、「優しく生きろ」の呼びかけに近いものであろうことは理解しているが、納得できないのだ。人は果たして、自己を犠牲にしてまでも純粋に他を生かすことができる生き物なのか。奉仕とは自己の利益を考えることなく純粋に他人のために活動することであるならば、例え微塵の私欲であってもそれが内在すればそれを奉仕活動とは呼ばないのであろうか。少なくとも私の現在のこの地での存在理由の第一義はヴェトナムの人々のためではない。自分自身の、生きたいとか、見たいとか、働きたいとかの欲求であるし、そうあらねばならないと考えている。だから、例えば戦況が悪化し、身の危険が迫った場合、確実に撤退するであろうし、そう望んでもいる。その正直な自分の感情に対して何ら罪悪感など持つ必要がない。しかし、そう望まなくなったときこそ、「優しく生きろ」の真髄のような気もする。

我々はよく奉仕について議論した。もちろん奉仕の定義を掲げ、その定義の旗の下、志を同じくして活動に取り組むような、そんな足かせを課されるような要求はなかったが、人間らしい生き方の追求は常にお互いに求められていた。人間らしさとはあるいは人間らしく生きるとは一体何かも定義づけられている訳ではない。そんな環境で、重い十字架を背負わされたように、ある種の息苦しさがまとわりついていた。直截的な表現はもちろん誰も口にしないものの、何となく大学へ行っているような連中とは一線を画す気配が漂っていたが、それが放つ匂いを私は嫌っていた。でもそう感じているのは、自分だけなのかも知れないし、そんなことを感じる自分が軽蔑されそうで、一切そのことについては誰かと話したことはなかった。そのような意識を持つ自分自身の偏狭さも嫌悪していた。焦げ付きそうな太陽の下で、肉体を酷使しながらも、自分自身を問いつめ、自分探しに葛藤することもしばしばである。もしかしたら、私は何となくここにいるのかも知れない。だからこそ、高邁とも言える精神世界が放つその匂いが、好きになれないのかも知れない。だからこそ、一見ちゃらちゃらした連中を軽蔑するかのような雰囲気に拒絶反応を起こすのであろうか。虚飾のない自分自身を、自分自身にさえさらけ出せないでいるのであろうか。自ら求めて、豊かなメコンとは裏腹とも言える大地に立って、大地に息吹を吹き込もうと鍬を振るっていながら、自ら何を求めているのか、様々な想いが頭の中で交錯している。何か、弱気の虫が頭をもたげたようだ。昨夜の内臓をえぐるかのような恐怖がもたらしたものかも知れない。

突然の暗雲の到来と同時に、大粒のマンゴシャワーが我々を叩きつけた。地中に染み込む間もなく、畑は水で溢れ出し、一面は田んぼと化した。叩きつける雨滴は無数の王冠をつくり、自然の偉大さを演出しているようだ。自然のエネルギーは、無情にも表土を流し去っていく。同時に若者の肉体から噴き出した汗も洗い流してくれる。汗と共に放出される体内のエネルギーは瞬時に冷却され、火照った体には心地よい。脳裏を交錯していた模糊とした感情は、まるで顔についた泥汚れを綺麗さっぱり拭うように、白紙に戻してくれた。我々は風呂代わりにマンゴシャワーを楽しみながら、宿舎へゆっくり戻った。宿舎に入るなり、みんな身ぐるみはぎ取り、まるで童のように笑みを満面に浮かべ、シャワーを全身に浴びている。樋の役目は全く果たさず、溢れ出した雨水は、滝のように屋根から落ちている。焦げ付きそうな大地と萎えた植物達にとっては正に一服の清涼剤である。

## (三) 寛容な人々

「今日も外から眺めるだけにしておこう」

午前中の天地返しで汗ばんだ身も心も定時にお目見えする洒落たマンゴシャワーで洗い流した後、こざっぱりとした格好に身を包むと、青山界隈を闊歩しても違和感のない若者達に変身している。

スコールで焼き入れしたような大地は、一時的ではあるにせよ一気に気温を下げる。小綺麗な服に着替えたせいか、普段は頓着しない連中もさすがに濡れた足元を気にしながらウィドウビレッジに向かう。我々はセンターの門を出る時、門番のファンに
「勉強、勉強」

と知っている数少ないヴェトナム語で、ウィドウヴィレッジを指さしながら、挨拶した。彼は肩に掛けていた拳銃の銃口を下に向け、笑みを浮かべて何か早口で喋ったが、全くその意味は解せなかったものの、一応好意的な印象を与えた。しかし、笑顔の瞳に隠れた狡猾そうな陰りを今日も私に放った。

「今日は、陽も傾いてきた頃だし、恐らく家の外に出ている村人もいるでしょう。もし、目があったら軽く会釈する程度にしておきましょう」

と大原が言った。

「ヴェトナムに会釈する習慣なんてあるのか」

とすかさず松江が聞き返す。

「向こうはここに日本人が来ていることは知っているのだし、良いか悪いかは別として少なからず我々に興味はあるはずだ。どう見てもヴェトナム人には見えない若者の集団

だ。直ぐにそれと分かるだろう。ハーイなんて馴れ馴れしくやるよりいいんじゃないか。興味津々じろじろ見るのは気をつけよう。とにかく、今日は教会にも挨拶するんで、さっきの雨で足元が少々悪いけど、目的地に急ぎましょう」

と松江の質問には直接的には答えないで、むしろ意識的に婉曲的な言い回しをした。例の万屋には軒先に駄菓子らしきものが並べてあり、私の興味を惹いた。大原はそこには目もくれず、村へ向かう道に足を進めた。昨日は緊張感で張りつめた雰囲気の中、寡黙になりがちであったが、人間という生き物は、たった一回の経験で随分慣れるものである。この草は何だとか、あの木がドリアンじゃないかとか、大原の忠告をよそにみんな興味津々である。小声ではあるが疑問は全て解決したいとでも言うような熱気すら漂っている。どこへ行ってもどこの世界でも子どもは溢れるほどの好奇心の持ち主のようだ。我々に一人の男の子が笑顔で近づいてきた。明らかに好意的である。こんな好機を逃す手はないと誰もが感じた。

「こんにちは。私たち日本人です。あのセンターにいます。学生で、ヴェトナムの農業の勉強をしています」

この会話だけは事前に完璧なものとしていたはずだった。早速、生粋のヴェトナム人で我々とは全く面識のない第三者に対し、ヴェトナム語を喋った。何とか通じたらしい。十歳くらいであろうか、その少年は物怖じする様子もなく、「日本人、日本人」と言っているのが我々の耳にも聞き取ることができた。「本田・川崎・鈴木」という日本語の音声が彼の口からこぼれてきた。一瞬我耳を疑ったがその次の「ソニー」の音で彼の言わんとすることがはっきり理解できた。知っている日本企業名を連発しているのだ。どうやら戦渦にあっても、しかもこんな片田舎に住む少年すら日本企業のいくつかを知っているらしい。もっともサイゴンは今にもバイクで溢れそうな街で、そのほとんどが日本製らしい。なるほど、バイクの企業名が最初にポンポン飛び出してきたことも理解できる。どうやら「お金がいっぱい」と言っているらしいことも想像できた。こんな場所で、こんな年端のいかない少年から経済大国日本を意識させられたことに戸惑いを隠せない自分に動揺した。エコノミックアニマルの烙印を押された日本企業は、企業戦士などと称され、ことに東南アジア諸国においてはその国の経済を左右する勢いでマーケットを開拓し、必ずしも歓迎されてはいなかった。彼は我々が使うヴェトナム語に笑顔で反応し、時には大きな声で笑った。変なヴェトナム語を使う変わった外国人というところであろう。彼は我々の使う言葉が聞き取れないと何度でも聞き返してきた。相手が大人ならその状況やら動作で何となく理解してもらえるのだが、子どもだとそうはいかない。逆になまじっか理解してくれないため、正しい発音が身につくことも事実である。大の大人が四苦八苦して何やら怪しい言葉を発する姿は子どもの目にはとても興味深いことなのであろう。我々も外国人が片言の日本語で必死にコミュニケーションをとろうとする姿勢に共感を覚えるし、好意を持ってその人に対し何かをしようという意識がはたらくものである。最も質問の内容を彼が理解しても、彼が応えてくれた言葉を上手く理解することができないのではあったが。しかし、とてもいびつな会話ではあったが、我々の存在を子どもにアピールできたことは大きな収穫であった。最後に大原がその少年と二言三言言葉を交わし、村の一番奥にある教会の方向へゆっくり足を運んだ。きっと、あの少年は私たちと会ったこと、そして会話とまではいかないにしろ、日本人とつたないヴェトナムの言葉で話しをしたことを家庭で自慢げに話すだろう。それも好意的に話してくれるであろう。そうなれば明日は村人との何らかの関係が生まれるであろう、そんな期待が膨らんできた。

例の運動場とおぼしき場所まで来た。さっきの雨は野芝の葉先からまだ雫を垂らしている。強烈なシャワーは熱さで押し上げられた浮遊物を綺麗さっぱり洗い流したのか、陽炎にぼんやり浮かんだ昨日の風景と違ってビエンホアの街並みの拡がりがはっきり確認できる。その距離の短さは意外であった。村の閉鎖的な鉄条網と比べれば、教会は何ら障害物が無く、誰でもその玄関の扉を叩くことができる造りになっている。正に来る者拒まずという雰囲気を醸し出しているが、いかにも教会という建造物ではないし、それと理解できる看板もない。材木は何であるのか、その手のことは皆目分からないが、ペンキが塗られた様子もなく、木目が露出し、風雨に何年位さらされたのであろうか、艶もない。朽ちた印象はないが、歴史を重ねた小さな小学校を連想させる建物である。少々緊張を覚えながら右手の教会の扉の前まで進んだ。

「こんにちは、孤児職業訓練センターの大原です」

と、ヴェトナム語で大原が教会の扉を少し開けて挨拶した。身を乗り出してでも中を確認しようという欲求が走ったが、そこを敢えてやや控えめに覗いたけれど、薄暗くてその様子はほとんど判別できない。長椅子がいくつか並んでいるようだ。少し時間をおいて

「やあー、大原君」

と中年の男性が日本語で返事をしながら玄関の扉を大きく開けて玄関から現れた。髪は後ろへ丁寧に撫でつけてあり、ごつい黒縁の眼鏡の奥には柔和そうな眼が輝き、清楚さと誠実さを印象づけた。その牧師さんはカンさんと言う。大原の最初の挨拶だけがヴェトナム語で、あとは全て日本語である。彼は我々を教会の中ではなく、玄関から裏手に回った東屋まで案内し

「さあ皆さん、腰掛けて下さい」

と言って話し始めた。癖のない流暢な日本語を彼は操った。

「実は、私はヴェトナム語より、日本語の方が得意なんですよ」と我々の突然の訪問を歓迎してくれているようであった。韓国人にとって日本語を話すことができるということは、どれほどの屈辱であるかを重々承知している者にとっては、とても辛い一言であるが、全くの善意からくる発言であることは容易に理解できた。我々は昨年も一昨年も韓国に行っているので、その話をとても懐かしそうに聞き入って、会話も弾んだ。彼は大原や小松さんを通して、このセンターで日本人が何をやろうとしているのかとか、我々の今までの活動をおおよそ理解していた。「日本の若い人たちが韓国やヴェトナムで協力活動することはとてもすばらしいことだ」そんな結論めいた話になった。

「あそこの人たちは仏教徒も、キリスト教信者も多いんですよ。この教会にも多くの方々が来ます。子ども達はよく前の空き地で遊んでますからちょくちょく話をするんですよ。あなたたちが調査研究で何か困ったことがあればいつでも相談に来て下さい」

我々はとても心強い味方を獲得した。今、彼と会話を交わしている我々全員が、最も知りたいことがある。しかし、誰も口にできなかった。何となく今日の挨拶を終え、おいとまする雰囲気になってきたが、勇気を持って私が切り出した。

「失礼でなければ、韓国からこちらにいらした理由をお聞かせ願えればと思うんですが」

「なかなか難しい日本語を使いますね、私がここに来た理由ですね」

と念を押された。

「簡単に言うと布教活動ですね。あなた達も知っていると思いますが、韓国はキリスト教信者が多いです。牧師は国内だけではなく、幾つかの外国に行ってます。このヴェトナムには、韓国の兵隊が沢山います。そんな関係で、私が派遣されたのです。もちろん私も希望して来たのですが」

「韓国の兵隊がここにいるんですか」

とみんなが口を揃えて聞き返すと、少々困惑顔で、

「知らない人も多いかも知れませんが、韓国軍がこの戦争で戦っているんです」

と柔和そうなその眼は黒縁眼鏡の中で曇った。そんな事実を知らなかった私は、次にどのような話をすればいいのか、またこのことについて質問していいのか、躊躇するしかなかった。我々はヴェトナム戦争について一体何を理解しているというのか。戦争の在り様に対する是々非々の考え方は個々人によって様々であろう。それについてここヴェトナムでヴェトナム人あるいはその関係者と議論する気は毛頭ない。否、それは禁句であろう。ヴェトナム戦争の理解というものは、いわゆる、社会科の教科書に出てくる類のものである。急遽、ヴェトナム行きが決まったという言い訳こそあるが、今、この韓国軍参戦の事実を初めて知り、この国に対する知識が限りなく無知に近いことを意識せざるを得なかっ

た。過去を遡れば、我々日本人もこの地に侵攻した歴史を持っている。フランスが侵略し、今はアメリカが介入し、その侵略の歴史は朝鮮半島と酷似している。米ソの代理戦争と表現されるが、長期に及ぶこの戦はアメリカ国内においては、物も心も疲弊していることは隠せないようだ。日本においてもべ平連なるものが結成されて久しいが、ヴェトナム戦争反対運動の機運は高まる一方である。その程度の歴史認識ほどしか持ち合わせていない私は、イデオロギーを越えた協力関係は必ずや理解されるものと乗り込んで来たが、我々の無知は、きっと彼を傷つけたか、彼に不愉快を与えたであろう。重苦しい雰囲気の中、羞恥心や申し訳なさが入り交じり、カン牧師を正視できないような、そんな空気が漂う沈黙の中、彼は話を続けた。彼の曇った眼は、もう優しい輝きを放っていた。

「韓国の兵士のために来た訳ではありません。長い戦争で、心が傷ついた人がいっぱいいます。私たちも朝鮮戦争では苦しみました。ヴェトナムも朝鮮戦争と同じで、同じ民族同士が戦争をしています。そういう人たちの助けになればいいんですけど。もちろん、この戦争で韓国とヴェトナムの協力関係があったからこそ、私たちもここにいるんですけど」

我々は一様に困惑している。その様子を察知してか、私が質問する前の雰囲気を思い出してかは、断定できないけれど、彼は

「私もこれから用事がありますから、今日はここまでとしましょうか。またいつでも来

て下さい。何かお役に立てることがあればいいのですが。韓国の話も聞きたいですしね」

と上手く話を繋げてくれたお陰で、自分の無知から相手を傷つけたかも知れないという申し訳なさと、自分自身の羞恥心からくる沈鬱な気分から解放された。

私は宗教というものにはいささかも傾倒していない。いや、無知無関心と言ったほうが適切である。しかし、宗教家という人達は、いかにも寛大である。たった今、我々はカン牧師のあの優しく美しい瞳に救われた。我々が国内キャンプでいつもお世話になっている場所は、真言宗のお寺さんであるが、ここの住職とは二代に渡って世話になっているが、心底寛容である。可能であれば、精神的にも、物理的にも何でも受け入れてくれるのである。もちろん、我々も無節操に世話になるわけではないが、とにかく心の裾野の広大さを言葉の端々に感じるし、その言動には不自然さが全くなく、それが当たり前という印象を与えるのである。しかも、それが「あなたのためだよ」という恩着せがましさは微塵もなく、生活の一部なのだ。人間の在り方、生き方を追求すれば、その行き着く先は宗教だという話はよく耳にするが、人間の在り方に法則や公式などあるわけもなく、千差万別であるはずだが、行き着く先は宗教という言葉が意味することが分からなくもない。そもそもここヴェトナムにおけるフランスの介入の発端は、フランス人宣教師であったという経緯は少々皮肉であるが、何もその宣教師が羊の仮面を被った狼だったわけではあるまい。私のような若輩者が多くの宗教家を知る由もないが、たまたま身近に接したこの三人の宗教家から、人間としての生き方のヒントを教えられた。無知を知れば、そこで学習すればいいのだ。無知に気づいたとき、確かに羞恥心に襲われる。しかし、それからどのように行動するかで、その人間の価値が変わるような気がする。さっき知ったヴェトナム戦争において韓国軍が参戦している事実は、その詳細については分からない。しかし、知った以上、私の現在の行動にそれは絡みついてくる。いわゆる二大国の代理戦争とは言え同じ民族同士が殺戮を繰り返している。そこへ第三国が介入したことにより、民族の意識は敵味方双方に影響を与えるはずである。それが、問題解決を複雑にしなければいいのだが。もっともこの戦争の解決は生きるか死ぬかの二者択一しかないのかも知れない。現在の戦況は、北側がホーチミンルートから続々南へ入り込み、解放戦線が制圧するのも時間の問題だと言われている。我々は果たしてイデオロギーを越えられるのであろうか。限りなく不可能に近いものであるが、それを越えることができる活動もあるはずである。それを信じてやるしかないかも知れない。

カン牧師の言葉に救われた我々は、お礼を言って教会を後にした。ビエンフォアの町並みを遠目に見ながら、古川さんは

「大原、意外とあそこまでは近そうだな」

と話しかけた。

「汗を気にしないなら、急ぎ足なら二十分位で行けますよ」

「そうか、そんなんで行けるのか」

古川さんはビエンホアの町に妙に興味を示している。

「古川、お前何言ってんだよ。何か欲しいものでもあるのか」

と黒田さんがきつい口調で言った。

「いや、町の人の生活を見るのも勉強だろ。昨日の感じより随分近そうに思ったからさ」

「今度の日曜日、みんなで昼飯でも食いに行きましょう。結構店もありますから。小松さん達も行くと思いますよ」

と大原が言うと、みんな満更でもない顔をした。古川さんの言うとおりで、小さな町でもそれなりに経済活動が営まれ、それぞれが生への執念を全面に見せていることだろう。この隔離された環境では感じることのできない、生活臭なるものを鼻で、目で、音で、皮膚で感じるに違いない。そう考えると、何か今度の日曜日が楽しみになってきた。カン牧師という日本語の分かる寛大な人を得たことを実感し、更にさっき会ったあの少年の人なつっこさも手伝い、帰路の道のりは、赤茶けた土を軽やかに蹴り上げ、靴の中に入り込む砂の感触さえ心地よく思われた。先程のシャワーが濡らした地面は、もうすっかり乾いていた。

夕食までにはまだ時間があった。我々は、夕食後は特別なことがない限りミーティングを行うことが常であった。被害妄想だと喝破されればそれまでであるが、それは周りから総括されているようなそんな強迫観念に苛まれる場でもあった。私はこのミーティングが苦痛の種で、できることならば忌避したいと何度も感じていた。

「お前の夢は何だ」とか「人間の生きる意味は何だ」とか、その時、その場のテーマで、とことん追求されるのである。議論が白熱すると「そんなことでお前は人として生きる意味があるのか」と糾弾されて、涙したこともある。お互いの考え方、意見を交わすことにより、自分自身を形成するという鍛錬の場であった。冷静に考えれば、それは個の形成において極めて建設的なものである。それへの逃避的姿勢は、自分自身の幼稚さや思慮の欠如が露呈することによる羞恥心や体裁の悪さだとかを拭いきれない己の稚拙さを否定することができない。もっと端的に表現するならば、議論そのものに余り意義を見いだせずにいる自己に対する否定ということだ。しかし、今日のミーティングの内容は容易に想像できたし、自分がやらねばならない課題は歴然としていた。しかもそれに対する自分の主体性を実感していた。

黒田さんが

「飯までにかなり時間があるから、それまでにヴェトナム戦争の韓国軍参戦についてみんなで手分けして調べておこう。その手の本がなければ、小松さんや山川さんにも当たってみればいいだろう。夕食後のミーティングはこの件についての勉強会ということにしよう。恥ずかしい話だが、韓国とヴェトナムがこんな形で結びついていたとはびっくりだな」

と言った。我々はそれぞれ自分の持ってきた本を開き、珍しくレポートをとるという作業を開始した。

夕食後、早々にレポートを持ち寄り、勉強会を始めた我々を見たバーサウは例の黒目がちのつぶらな瞳を更に丸くして、

「何？」

という質問をした。我々は一斉に
「勉強、勉強」

と繰り返した。と同時に一斉に声を出して笑った。「勉強、勉強」という言葉は昼間、センターを出るときに、警備員のファンさんにも使った言葉で、我々の知っている数少ないヴェトナム語である。バーサウも
「勉強、勉強」

と言って笑い出した。その後早口で何か捲し立てたが、全く理解できなかった。彼女は

そんなことには頓着せず、鼻歌を口ずさみながら食事の後片づけを始めた。そんなリラックスした彼女を見るのは初めてで、快い小さな衝撃を覚えた。ヴェトナム戦争に関する本の持ち合わせが少なく、微に入るまでには至らなかったが、それなりの収穫を得ることができた。

一九六四年、韓国の朴政権はアメリカの要請を受け、韓国軍の派兵を決定した。翌年に、先遣隊派兵後、歩兵師団の猛虎師団と白馬師団、更に海兵旅団青竜、補給旅団南十字星、延べ四万五千人の兵士を派遣している。派兵決定当時は、全ジャーナリズムが反対を表明したらしいが、歩兵師団が出発するのを境に、新聞は派遣軍と兵士達の武勇伝の報道で埋まっていったという。派兵と同時に、民間人の出稼ぎが増え、一九六七、六八年には二万人に達したと言われている。米国系企業で職に就く者や商売を起こす者も多く、韓国から輸入された商品もかなり出回っている。韓国の派兵以外に東南アジアからは、タイとフィリピンが軍隊を送っていた。

急遽ヴェトナムに関する本を持ち寄り、ペラペラ音を立てながら大急ぎで調べた知識を我々は頭に詰め込んだ。戦争というものは余りに罪深いことだ。余りにむごいことだ。カン牧師に限らず宗教家はこの合法的殺戮をどう解釈し、人々にどう説明するのであろうか。それとも沈黙を守るしかないのであろうか。ヴェトナム戦争に関するにわか勉強で、悄然とそんなことを考え、結論を出そうとも思わずにいた。

　私が韓国へ行ったとき、ハンセン病で隔離、疎外された人々はその差別にも屈せず、少しでも豊かな生活を目指して必死に生きていた。我々日本人の若造の言葉にも真摯に耳を傾けてくれた。水道も電気もない国境近くの農村に入ったときも農民は貧しいながら畑を守り、家族が、部落が仲良く生活していた。満天の星空の下、昼間に酷使した肉体に休息を与えながら、家族のように語り合った。そんな彼ら彼女らから同じ民族同士が血を流すことなど考える隙間がないように感じた。もちろん普段から生活圏で警邏する軍隊から北の脅威は厳然と存在するものの、みんなが丈夫で、仲良く暮らすことに精一杯である。ヴェトナムでも農民は同じではないだろうか。果たして本当に北と南が敵なのか。南と南の争いであるとも言えよう。アメリカとソ連なのか。韓国やフィリピンあるいは日本はどうなのか。こんなことは大地で必死に生きている農民にとって余り大きな問題ではないような気がする。彼らは一日も早く豊かなメコンの懐に抱かれ、のんびり、平和に暮らしたいはずだ。改めてヴェトナム戦争の複雑な歪みを知ると同時に我々の行動の意義や意味を問い直した。しかし、短絡的なのかも知れないが、その行き着く先は恐らく農民の多くが望んでいることと同じだということだ。それは大地の恵みに感謝しながら、仲良く、平和に暮らすことだ。そんな生活を可能にすることだ。その一手段として、現地の人々と共に考え、共に汗して、より良い農作物を、より多くの農作物を生産していくことである。

このような史実を知り、カン牧師のあの眼鏡の奥で突然曇った瞳を思い出さない者はいなかったはずだ。

「これほどまでに嫌われている韓国軍についてカン牧師は知っているのだろうか」

「韓国のジャーナリズムはその件についてはほとんど載せないから、国民は分からないんじゃないか」

「いずれにせよ、今まで侵略の被害者という歴史を繰り返してきた韓国にとって、参戦の方法としてもっと別な手段があったのではないか」

「むしろ、ヴェトナム戦争の被害者と言えないか。韓国兵は好きこのんでヴェトナムに来ている訳じゃない。アメリカに頼まれて断りきれない関係があるはずだ。しかし、参戦する以上大義名分がなければならない。朝鮮戦争の時はアメリカが救ってくれた。その恩返しだとか、この世の悪の権化、共産分子は正に不倶戴天の仇敵と言わんばかりにまじめに戦っているんだ。そういう意味では被害者と言えるんじゃないか」

「しかし、その真面目さが、支援したはずの南の人々に嫌われるという皮肉な結果を招いているんだよな」

「真面目さという意味ではアメリカも同じじゃないか。素手どうしの喧嘩に凶器を持ち込んだ韓国軍という話を聞いたが、アメリカは凶器という生やさしい表現じゃ済まされない武力で、空からガンガンやってる訳だ。待てよ、あ、そうか、アメリカに頼まれて、途中から参戦したということが大きな原因かな、南にしてみれば何か訳の分からない奴らが味方ではあるものの、とことんやり始めたというか。何もそこまでやらなくていいだろう」

「そんな理由も考えられるが、一番大きな理由は同じアジア人ということじゃないかな。白人はあんなやり方をするんだ、で納得しないまでも自分達の中で分かった風にしてしまう。文化の違いという言葉を盾に、理解するのを諦めてしまうのかも知れない。我々もそうじゃないか。日本にいるアメリカ人が我々の常識からするととてつもなく奇異に感じることをしても、余り抵抗感がないというか、へえーそうなんだと思ってしまう。それが韓国人や中国人だったらどうだろうか。明らかに白人のそれと違うと思うんだ。姿形が似ていると文化も習慣も同じように感じてしまう部分ってあるだろう。そんなところが一番大きいような気がするけどな」

「カン牧師はここヴェトナムでの韓国軍の評価というものは重々承知だと思うよ。だからこそ、この地で布教活動を一生懸命やろうという発想ではなく、そんなことは達観しているのじゃないかな。純粋に戦争で疲弊した身も心も癒すために、また望みを持って生きることのために活動されているんじゃないかな。それが真の宗教家というもんだよ。そりゃもちろん、韓国人の非難を聞けば悲しいというか辛いはずだけどね」
「ちょっと幼稚かも知れないけど、ケネディとかジョンソン大統領が大統領就任式で聖書に手を当てて宣誓するだろ。恐らく敬虔なクリスチャンだと思うんだけれど、そういう人種が何故戦争という人殺しを指示するのか、子どもも心にとても不思議だったんだよな。自分の国が責められてどうしようもなくというのならまだ理解できるんだけど。世界の均衡とか、民族や宗教の対立とか、そういう問題は難しいと思うけれど、単純にそう思っちゃうんだよ」

今日はミーティングというよりは、みんなが口々にフリートーキングという雰囲気で話が進んだ。あたふたと調べ物をした後、その内容についてゼミ形式とでも言うのか、とにかく韓国軍に関する情報を少しでも多く収集し、確認するという作業が主目的である。僅かな時間と僅かな資料で、その情報なり知識は表層的なものと言わざるを得ないが、それなりの成果を得た。我々はこの問題にぶつかり、困惑と同時に無知に気づいた。これがヴェトナムに来て、早々であったことは幸いしたと言えるだろう。これから多くの人々と接する中で、例え僅かな情報とは言え、役に立つだろうし、ヴェトナム戦争に対する見方が何となく変わったような気がする。このヴェトナムが一日でも早く平和を取り戻すためには、複雑に絡み合った問題を中立国をも含めて国際的、政治的に解決しなければならないが、それは余りに堅固な牢獄を抜け出すようなものなのかも知れない。

解放戦線はひたひたとサイゴンめがけて南進しているらしい。そのため政府軍は後退を余儀なくされ、首都サイゴン陥落へのカウントダウンも始まっているとも囁かれている。

「現実問題として、解放戦線がサイゴンまで侵攻したら、カン牧師は大変なことになるんじゃないか。韓国人と聞いただけで殺される可能性もあるんじゃないかな」

「馬鹿な事言うなよ。それとこれとは問題が違うだろ。いくら戦争とは言え、人道的な配慮というやつがあるんじゃないか」

「それは希望的観測だろ。そんな冷静な判断ができないのが戦争だろ。何でもありが戦争だろ。特に宗教が御法度だとすれば、なおさら危険ということも考えられるな」

「まあ、憶測で話をしても始まらないだろう。恐らく、それは韓国政府の問題で、いよいよ危険な状況になったら当然帰国という措置をとることになるだろう」

「しかし、戦争というものは惨いものだよな。何十年いや何百年かも知れない、血の滲むような努力でコツコツ守ってきた大地をいとも簡単に吹っ飛ばしてしまうんだからな。一方では死刑反対などと叫び、人命尊重を声高に訴えながら、ここでは人を殺してなんぼの世界だ」

「結構良い時間になったからこの辺にしておくか。ところで、今夜も爆撃はあるのか」

と黒田さんが大原に向かって尋ねた。

「ほとんど毎日と言っていいですね。昨日も言ったようにびっくりするのは最初だけですよ。明日のためにもゆっくり休みましょう」

いつになく時間は速く進んだようで、時計は零時を回っていた。夜気は水蒸気をたっぷり含んでいたが、時折小窓から流れ込む風は、室内の気温を下げていた。窓から覗く大地は真っ暗闇で、沈黙を守り、全てが未来のために今日一日の疲労を癒しているようだ。静謐とはこんな世界を言うのだろうか。しかし、この静謐の下に、ゲリラ作戦が巧妙に行われようとしているのかも知れない。深夜の爆撃攻撃に備え、弾薬を詰めているかも知れない。しかし、そんな彼らこそ、静謐世界を求めているのであろう。遙か彼方には白く鈍い光を放つ名もない星達が一筋のエネルギーを費やし生への鼓動を誇示していた。何万光年という想像を絶する時の流れの中で、自己の有するエネルギーを必死に燃焼続けることの尊さに、何か心の平穏さを覚え、眠りに就いた。

この日も、予定どおり爆音が、轟音が我々の平穏な眠りに水を差した。音の後にやや時間をおいての揺れが恐怖感を増幅する。心臓は高鳴り、手の平にはねっとりと汗が出ているのを実感する。喉が乾く。運を天に任すとはこのことか。うつ伏せになってじっとしている他はない。轟音と横揺れの真っ直中は、ただただ恐怖の連続で、思考回路は寸断されているのか、恐怖という思考、いやこれを思考とは呼ばないであろう、その感情で脳細胞は飽和状態なのであろう。突然その轟音は、まるでステレオのスイッチを切るように、ピタリと止まる。強烈な刺激によって心身とも萎縮し、歪曲している。ほっと力を抜くと、弛緩していく自分に気づく。平常心を取り戻すまでには昨日のような時間を要しない。

「何が直慣れるだろうって。冗談じゃないよ。こんな身も心も縮み上がるような日が続けば、ノイローゼにでもなっちまうんじゃないか」

しかし、大音量と爆風のご挨拶が通り過ぎると、日中炎天下、躍動を続けた肉体は、その疲労物質を僅かでも早く除去するために、死んだように深い眠りの底へ就いた。

## (四) 施し

初めての日曜日がやって来た。午前中は、久しぶりにゆっくり起きて、洗濯や掃除で時間が過ぎていった。昼食は小松、山川両氏共にビエンホアの町で摂ることになった。センターが所有する唯一の自動車での楽しいドライブになりそうだ。この車は四トンの光沢を失った鼠色のトラックで、いかにもこの場所、今この時に融合しているという印象を受ける。乗車席は三人分しかないが、荷台は十人、二十人は優に乗せることができる程の余裕がある。もちろん、若者は荷台席で十分だ。但し、交通規則が許せばの話であるが。もっとも、ここではバイクであろうが車であろうが、乗車定員というものは、乗車可能人数と理解されているようだ。そう言えば、バイクに乗った家族と思しき五人連れが運転手の前と後ろにへばりつくようにまたがり、しかも大荷物のおまけ付きで走っている光景を目撃した。まるでサーカス小屋で曲芸でも見ているような、そんな姿だ。小松さんが運転するトラックの荷台に乗り込み、いや飛び乗り、いよいよビエンホアの町へ探検に行く、大仰だがまさにそんな胸躍る気分である。出入り口にはいつものようにファンが立っていた。みんなで声をかけ、挨拶するとトラックは加速した。大きなタイヤから巻き上がる砂煙を後方に見ながら、ビエンホアの町に向かった。荷台という奴はスプリングが全く効かないようだ。思いの外大きな衝撃が直に伝わって来る。舗装された国道に出るまでは、凹凸の激しい路面にタイヤが間断なくぶつかるその衝撃の激しさで、我々は空中に浮遊する時間の方が長い程よく跳ね上がった。小松さんは荷台に乗っている人間など気に留める様子もなく、車をどんどん走らせて行った。昼食前の腹ごなしにしては少々荒っぽかったが、国道に入ると、快適なドライブとなった。熱いとは言え風を切って疾走するトラックの荷台には、空冷エンジンがオーバーヒートを予防するように、十分過ぎる程に衝突してくるその風は、我々の体感温度を下げた。だだっ広く真っ直ぐ走る国道は閑散として、熱帯の湿気をたっぷりと吸った空気とは裏腹に、太陽の照り返しが放つ路面は乾いた印象を受ける。このまま真っ直ぐ静謐な世界を目指して、ただただ突っ走りたくなった。このまま走り続ければ豊かで平和な地があるような、そんな気がした。とても心地良い気分だ。視界が朦朧となり、現実から遊離し始めたようだ。

突然、車は速度を緩め、その体を大きく揺らしながら右折した。遠くに街並みが見える。簡易舗装された道路に入り、しばらく進むと道路の両端からアーチが組まれ、ビエンホアという文字が我々にも確認できた。それをくぐり抜けると、道路を挟んで鉄筋コンクリート製の二階建ての商店がマッチ箱を重ねたように並んでいる。営業していないのか、あるいは民家なのかは判別できないが、鉄格子のシャッターを降ろしっぱなしの家も幾つかある。どの家も入り口には黄色い南ヴェトナムの国旗がペンキで直接描かれてある。子ども達が道路際で遊んでいる姿もあるが、人影も疎らで予想していた人々のむせ返るような熱気を感じることはできない。何か鄙びた商店街という佇まいである。ちょっとした広場に車を停め、肩で風切るように歩く小松さんの後ろを、まるであひるの子ども達が母親の後を追うように、少々緊張した面もちでついていく。端から見ると、恐らく滑稽に見えるだろう。するとどこから集まってきたのか、年端のいかない、とても清潔とは言えない半ズボンとランニングシャツ姿の子ども達が十人程ついてきた。後ろから我々に向かって何か言っているが聞き取れない。後ろを振り返ると、女の子もいる。髪の毛がやけに赤い子が多い。すると彼らは我々を追い越し、取り囲むような格好で口々に何か言っている。

「大原、この子達は何かくれって言っているんだろ」

言葉は理解できなくてもその雰囲気からその言わんとすることが誰にも分かるが、あえて私は尋ねた。

「金をくれって言ってんだよ。無視して歩くことだな」

と素っ気なく大原は答えた。そう言われても割り切ることができない。大人のそういう状態以上に、子どもの哀れな姿というものは、憐憫が感情の大部分を覆ってしまう。それを気にせず直進するということは、罪悪感のような感情すら湧き起こってくる。前を歩く小松さん達が我々の戸惑いを察知したのであろう、偉そうに歩く、そんな表現がぴったりする小松さんが、突然踵を返したかと思ったら、

「お前ら、何もたもたしとるんや、こいつらに一文でもやるな。そんなことしたら大変なことになるぞ。分かったか、このど阿呆」

と怒鳴るように言い放った。まとわりつくようにいた子ども達は、小松さんの形相と、それが放つ音が自分達に向けられたものと勘違いしたのか蜂の子を突っついたように散ら

ばって路地の向こうに消えていった。もし、金を与えたならばどんなことになったのか不思議な気もしたが、我々は無言のままとぼとぼと後に続いた。

　馴染みの店らしい。店に入ると直ぐ、小柄で人の良さそうな主人が、油染みで汚れた前掛けを腰に巻いたまま奥の厨房からすっ飛んできた。彼は笑みを浮かべながら、鼻から抜ける独特な音を持つヴェトナム語、その音を更に誇張するように連発し、小松さんと山川さんと会話を交わしている。まずテーブルにはビールが並べられた。店の外からは、これだけの若者集団が昼間うろうろしているのが珍しいのか、興味深げに店の中を覗く人々がちらほら見える。そんな視線を感じながら、ビールなど飲むのはやや抵抗感があったけれど、やはりアルコールの魅力には勝てなかった。しばらくすると、次々と料理がテーブルに並んだ。そのほとんどが中華風のもので、それが実に旨い。ヴェトナム風春巻きに始まり、生春巻き、香味のきつい野菜炒め等々箸が進む。ちょっぴり閉口したのが酸味の効いたスープで、見たこともない魚が丸ごと鍋に入っていて、それこそぎょっとした。魚の種類はその都度違うらしいが、申し訳ないがこれだけは箸を持つ手が躊躇した。時折、外を眺めるとおばさん風の人や、子ども達が通りを行き交っているのが見える。もう、敢えてこちらを覗き込むような人もいない。そんなこともあって、安心感から、我々は十分にヴェトナム料理を満喫することができた。途中何人かの客があったが、全て中年の男性で、みんな昼食を摂りながらビールを飲んでいたのには驚いた。フランス文化の影響なのか、ワインではなかったが、昼食にアルコールというスタイルは奇異な印象を持った。もっとも驚いている当の本人達も赤い顔して良い気分であったが、我々にしてみればこんな贅沢は年に一度あるかないかの特別なことなのである。

古川さんが

「さっきから化粧した女の人が、ちらちらこちらを見ながら何人か行き来してるんだけど、何だあれ」

と藤木さんに聞いた。

「売春婦だろ。昼まっから引っ張り込まれるということはないが、薄暗くなってからここいらでふらふらしていると、離してくれないぞ。古川、あんまりものほしそうな顔して、歩くなよ。お前、日本に戻れなくなるぞ」

「どういう意味だよ。それ」

「どうもこうもないよ、そのままだよ」

何処に行ってもこの手の商売はあるようだ。藤木さんの話だと、若年齢からこの商売に就いている者も多く、子どもも子どもした少女が、街頭で客引きしているのを見ると、胸が痛むと言っていたが、実感としてよく分からなかった。しかも、彼女達の受け取る代価は、日本円の価値として千円前後の世界だという。

「何か必要な物があれば買うことにするか」

と一声掛け、小松さんが立ち上がった。ご馳走にも満足し、買い物がてら商店街をぶらつくことにした。我々が店を出ると直ぐに、例の女の子達が近づいて来て、口々に何か言っている。とてもあっけらかんとして、妖艶とか卑猥とか、そんな類のものはない。すぐにそれと分かるような身なりや雰囲気ではないが、化粧っけからか、そう言われればそうかなと感じる位である。藤木さんが笑いながら、二言三言彼女たちと話を交わすと、彼女たちはその場に立ち止まったまま、笑顔でバイバイと手を振り、我々の後をついてくることはなかった。

道路の両側には、生肉がむき出しになったままいかにも無造作に並べられていたり、大きなざるに米や豆が山盛りに盛られていたり、見たこともない果物があったりで、いかにも熱帯的な色彩をふんだんに駆使して描いたスケッチを鑑賞しているようだ。屋台には、その場で果物を搾ってくれるジュース屋、懐かしいアイスキャンディー屋もある。往来は閑散としているが、店の中には結構人がいて、車から見た印象とは全然違うものであった。造りこそ質素で洒落てはいないが、フランス風のカフェのパラソルが並ぶ。その下では、何処の国の人であろうか、恰幅の良い年老いた白人が一人で、やはりビールを飲みながら食事をしていた。さっきの小松さんの言葉を自分達への一喝と勘違いしただろう子ども達は何処へ行ったのか、あれから一切我々の視界から消えたままである。

「さっきの子ども達にあの時もし金をあげてたら、どうなったんですか」

と松江が聞いた。我々とはまだあまり馴染みがなく、口数も少ない山川さんが応えてくれた。

「もし誰かがあの場面で一人の子どもにお金をやったとするよね。そうすると全員にやらなければならない状況になるんだ。それで済めばまだいい。何処からともなくもっと子ども達が集まって来るぞ。しかも戦争で肉体の一部を奪われた可哀想な子どもが来てごらん。可哀想だと思って軽い気持ちでやったことで収拾がつかなくなる、そんなことだな。彼らは与えられると知るや、表現は悪いし、ちょっとニュアンスが違うかも知れないが、ピラニアのように食いついてくる。確かに可哀想だ。でも物を与えるというのはどうかな。今後、何処へ行っても恵んでやろうなどとは思わないことだね」

私はこの話を聞きながら、何故か子ども達と保健所で捕獲された犬を同一視していた。重なって見えてしまったものはどうしようもない。保健所で捕獲された犬達は奇特な里親が迎えに来るまでの何日間はそこで管理されるが、その猶予期間が過ぎれば安楽死という結果を迎える。中には血統書付きの世間では立派と評価される犬もいるらしい。そんな高価な犬だけを求めて来る人もいると聞く。しかし、そういう人を誰が非難できよう。そういう人達の持ち帰る犬は所謂純粋種で、自動的に決まるのかも知れない。たとえ一匹でも心底その命を大切にしようという人も少なくないはずだ。そのような人達は、その一匹をどのように決めるのであろうか。とても辛い選択になるのではないだろうか。一匹でも救いたいという気持ちで割り切るしかないのだろうか。いざ、その場に立ち、檻の中の犬と対面した時、生命の尊厳を考えれば考えるほど、自分のこれから始める行為に疑問を持つかも知れない。とても難しい。一匹を救うという行為で、全てを救えとは誰も要求しないが、その人の内部ではそんな葛藤が生まれるような、そんな気がした。

外国人と知ってか知らずか、我々に無心する彼らを見て、何故かそんなことが脳裏を巡った。明日の飯にもありつけるかどうか分からない生活力のない子ども達に一時的とは言え施しを与えて何が悪かろう。またそんな請えば応えてくれる者がいるからこそ、彼らは無心するのであろう。そのような彼らを誰が非難できよう。非難できる者がもしいるとすれば、それは親兄弟だろう。しかし、現在の社会情勢からして、自己の尊厳とか誇りとか、そんなものが腹の足しになるものではない。戦争とは、人々の心までも蝕むものなのであろう。必死に生きるとは自己の尊厳までも捨て去り、生命を存続させることなのか。自分の生命を連続する究極とは、こういうことなのか。いや、それは違うはずだ。例えどんな社会でも、人間としての尊厳を失わず、生きることの大切さを持ち続ける、そんな観念の形成が誰にでも与えられなければならない。不幸にして、そんな環境や条件が与えられない、むしろ富める者からは奪ってしまうという世界を創り出しているものが戦争である。戦争という破壊的な世界においては物理的な破壊を繰り返すと同時に精神構造まで破壊、荒廃してしまうものである。

しかし、子ども達の周りが全て貧困という環境にあるのが、まだ人としての救いを与えているのかも知れない。もちろん、政府の重鎮と呼ばれている特権階級や一部の企業家が、この戦争で私腹を肥やしていることであろう。しかし、そんなことはここ田舎町、いや、多くの人々の眼に留まることはないであろう。民衆は貧しさを分かち合い、生命の灯火を細々と燃やし続ける。彼らの味方とは決して政府軍なんかではなく、貧しい者同士なのであろう。それでは敵とは何か。本当の敵とは、この貧しさを創出している源ではないであろうか。即ち戦争そのものである。いつの時代もそうだ。戦争に巻き込まれる善良な民衆が一番の被害者である。しかし、民衆はただただ沈黙を守り、それに耐えるのみである。恐怖で身を縮め、悲嘆にくれる毎日に耐え忍ぶ連続である。そんな風に考えると、自分達とは明らかに違う、富めると思しき人々に、子ども達が無心する位、自然なことなのかも知れない。むしろ、徒党を組んで、ギャングまがいに強奪するという行為に発展しないことが、救いなのだと考えることもできる。

羽田を発つ時に免税店で購入したタバコはまだ十分に残っていたが、折角街まで出て来たので何か買い物でもと思い、タバコを買うことにした。それに言葉を覚えるためには買い物が一番良い。「いくら」とか「高い」などという会話は外国で生活する上においては基本中の基本だ。まだ数の勘定は心許ないが、指を折って数えればいい。熱帯の激しい光線に慣れた瞳孔は、店内に入るとその薄暗さを一層強調する。恐らく中年の女性であろう、奥の椅子に腰掛けている姿が見える。私が「タバコ」と言うと、ゆっくり店先まで出てきた。濃い鼠色の薄ぺらいズボンとシャツを身につけ、髪は全部を後ろで結んでいる。街の中年女性達は概ねこんな格好をしている。アオザイ姿は若い女性だけなのであろうか、ほとんど眼にすることはない。私の発した言葉が通じたらしく、彼女は入り口のタバコの入ったガラスの箱を指差しながら「どれにする」とでも言ったのであろう。私は「これいくら」「これいくら」と一つ一つ値段を尋ねた。すると、直ぐに外国人と分かったらしく、ゆっくりと値段を言ってくれたので、私にも聞き取ることができた。タバコの種類は十種類程度と多くはなく、中には見慣れたアメリカ製のものが三つ四つある。洋モクの値段は感覚的に分かるので、即座に頭の中で円と比較しながらどれを買おうかとゆっくり考えた。それを上目遣いで覗いたおばさんは、どうも私が高いと感じているらしいと誤解したようだ。するともう一度タバコを順番に指差しながら、私が聞き取ることができる速さで、ゆっくり繰り返した。その値段が先程と違って、安いのである。日本の感覚で、タバコの値段は共通だろうと端から決めつけていた私は値切るつもりなど全くなかった。それが、どれにしようかと迷ったことが幸いして、結果的には値切った形になってしまったのである。「高い」とか「安い」とかの会話を楽しんだ後、安いのと比較的値の張るものを一つずつ買うことにした。安いのはフランス製である。フランスのタバコなど吸った経験もなく、かなり興味を誘った。もう一つはヴェトナム製のもで、こちらもどんな味がするのか、とても楽しみであった。高いと言っても日本で買うことを思えば、数段の低価格である。たぶん何処の国から来たのかと聞いているのであろう、私は「日本人」と応えると、それも通じたらしい。頷きながらタバコの箱を取り出し、そこから一本を抜き取り、おまけにくれると言っているようだ。タバコケースから出したそのタバコは商品であるにも関わらず、開封されていたのである。よく見ると幾つかの箱は封が開けられているのだ。どうも一本売りもしているようだ。気を遣ってくれたのか、それとも私は適正価格以上で購入したのか、上物であるケントを一本手渡された。「ありがとう」と言って早速その場で火をつけ吸い込むと、開封して長時間が経過しているのか、その香りは楽しむという代物ではなかった。

とにかく、ここでは値段はあって無いようなものであることが分かった。鮮やかな色彩を放つ熱帯果樹の面々が食指を誘ったが、隣の魚屋の店先にはいかにも鮮度の落ちた見たこともない魚が無造作に置かれ、さらに蠅がそれらにたかっている光景を否が応でも見せつけられ、私の購買意欲を幻滅させた。亭主関白面した小松さんが、奥さんに頼まれてか、缶詰や乾物を買い込むのを見て、少々奇異な印象を持ったが微笑ましさも誘った。私は何となく優しい気分を味わった。先程買ったフランス製のタバコを取り出した。いかにも安価なので、余り期待はしていないが、フランス人は美食家らしいので、恐らくタバコにもそれなりにうるさいのであろうというちょっとした期待感も正直言って、ある。確かにメイドインフランスとはっきり印刷してある。タンソンニャット空港からこちらに向かう途中に通過したサイゴンの洒落た街並みのカフェテリアでは、きっとこんなタバコが似合うだろうなどと、車窓に流れるアイボリーに包まれた幾何学模様で統一された街並みを思い出していた。豪華な精神世界に横溢した私はどこかきざなしぐさも手伝い、その両切りのタバコに火をつけた。同時に直ぐさま失態を演じることになる。吸い込んだ煙は肺に達する前に、それを異物と察知した自律神経系が激しい咳と共に体外へ吐き出させた。口内にべっとりとタールがこびりつく違和感を覚える。相当量のニコチンタールを含有した代物らしい。とにかくまずいのである。香りも焦げたきついものだ。少々の期待は明らかに裏切られたが、それぞれのお国柄があるもんだと、改めて民族の嗜好性を実感した。よく見ると、葉の色も日本のそれと比較すると、どす黒くいかにも強さを誇示しているようだ。申し訳ないが、それを二度と楽しむという気分にはならず、勿体ないが捨てさせてもらった。

## (五) キャッサバにありつく

ヴェトナムへ来てもう一週間が経過した。何もかもが真新しい経験の連続で、恐怖、憐憫、矛盾、感動と様々な刺激が私を覆った。とても長い時間ここにいるような気がする。大原が「二、三日で直慣れるよ」と言った例の夜の爆撃音にも、不思議なことにすっかり慣れてしまった。我々の持つ五感構造は一体どうなっているのであろうか。嗅覚は刺激が連続的に与えられれば、比較的速くそれに対する反応が鈍くなるとは聞いていたし、経験的にそれを知っている。しかし、あのおぞましい音にまで鈍感になり得ることは驚異であった。人間を含め全ての生物が気の遠くなるような長い時を生き抜くためには、危険なこと、不要なことなど取り除くシステムがＤＮＡの中に情報として貯め込まれているのであろう。その情報に基づいて、例の爆撃音も除去されてしまったのであろうか、折角の安眠に水を差すということもなくなった。

日曜日の買い物を経験して以来、我々はすっかり買い物好きになったようだ。それは買うという行為そのものより、ヴェトナムの人と話ができる、我々の言葉を熱心に聞いてくれるし、反応もしてくるという快感である。もちろん、売る側の論理は皆目承知であるが、生きた語学のレッスンとしては安い授業料である。特に我々のお気に入りは、センターの出入口を出ると直ぐ左脇にある例の万屋である。そこにはチュウーという名の看板息子がいつも店番をしていて、片言のヴェトナム語を話す我々の相手をしてくれる。最初はその体格や顔つきから小学校の高学年まではいってないだろうと思っていたが、年齢を尋ねると、十四歳だと知って随分驚いた。時間の流れというものが、日本のそれとは違うのか、ほとんど通じない我々の発する音を、いらいらする様子は全くなく何回も聞き返してくる。こんな悲惨な社会情勢下にあっても、長年に渡って培われ、伝承された民族性の有する性根というものは、一朝一夕には変化するものではないのであろう。ゆっくりのんびりと時間が過ぎて行くようだ。もちろん、前線ではそんなのんびりしたことは命取りになるのであろうが、戦争でいくら精神が荒廃し、生活は困窮しても、普通の生活習慣においては急ぐとか、慌てるとかという行為とはどうも無縁のようである。だからこそ、今この現実の悲惨さを私に増幅させる。のんびりさがとても羨ましいが、それはとても悲しい。ようやく彼が理解すると、その言葉を何回も発音して貰い、我々はその音を繰り返す。彼もできるまでは容赦なく何回も繰り返させる。ヴェトナム人は辛抱強いのか、それは彼の持っている気質なのかは分からないが、妥協を許さない点は、大いに役立った。ようやくその音に辿り着くと彼は満足げに「ＯＫ、ＯＫ」を繰り返す。それは、彼の経済活動だけによるサービスとはとても考えられず、好意はもちろんのこと、教えるという行為がもたらす充実感のようなものを感じ取っている彼を見ることができた。そんな彼だからこそ今の生活について、あるいは戦争について多くを語って欲しいが、我々にその語学力がなくてとても残念である。このように、看板息子は我々から頗る評判を博し、毎日のように足繁く通うこととなった。買い物の中でも、我々を虜にしたその逸品は、バナナ煎餅と勝手に称していたが、バナナを餅のように薄く扁平に伸ばし乾燥したもので、なかなか美味で、しかも安価ときている。その場でばりばり頬張りながら、語学学習に興じたお陰で日に日に言葉を覚えていった。

午後の陽がほんの少しだけ和らぐ頃になると、我々はウィドウヴィレッジへ足を運ぶことが日課になって、もう両手で数える程の回数を重ねた。未だ村人とは話らしい話はしていなかったが、軽く挨拶を交わす程度であるが、徐々に得体の知れない集団ではないことが理解されているという雰囲気が実感できるまでになった。

今日は例の「ホンダ・スズキ」少年の家へ招待と言うにはおこがましいが、みんなで出かけることになっている。昨日、彼の家の前の畑で、たまたまその少年と母親が畑仕事をしていたので、その作物について貧しい語学力を駆使し、あれこれ質問したことが幸いした。特にキャッサバはどういう味がするのか、どのように食べるのか、美味しいのか等、いかにも食べてみたいという顔が露骨に表情に現れていたようだ。

「明日キャッサバを食べに家へいらっしゃい」という言葉を首尾良く引き出すこととなった。

この家族は、母親と少年、それに祖母の三人暮らしだった。引き戸の玄関はいつもと違い大きく開かれ、そこを入ると居間と客間を兼ねているのか、テーブルと椅子が左隅に置いてあった。調度としては高価とか重厚味があるとかを感じさせるものではないが、小綺麗で気持ちの良い品であった。部屋の正面の壁には仏壇があったが、日本のそれとは全く異なり、色彩鮮やかな仏様を描いた絵が貼り付けられ、供物は、これもまた派手な色彩を持つ大きな熱帯果実が供えられてある。とにかく全体が極彩色を放ち、我々の知るものとは全く趣が違いすぎるのであるが、直ぐに仏壇であることが理解できた。配置の場所やその形態は仏壇というより日本の神棚の様式に似ている。玄関から足を踏み入れたその部屋は日本の家屋ではもうほとんど見ることはなくなってしまったが、昔懐かしい土間になっている。何もかもが焦げ付きそうな熱い陽射しからそこへ一歩入ると、光も熱も遮断しているのか、涼感すら覚えるのである。それは家屋の構造や風の流れと同時に、土間の持たらす効果ではないかと、瞬間的に肉体が知った。幼少の頃、まだ日本が現在のような経済発展をする以前、両親の田舎を夏休みに訪れ、その土間に入った涼感が、すっかり頭の奥隅に眠っていたその記憶を瞬時に蘇らせた。同時に、野山や小川で遊んでも遊んでも飽きることなく、純真に、無垢に、緩やかに時間を謳歌していた自分を顧みた。あの頃は決して豊かな生活ではなかったはずだ。現在とは比較にならない程の食生活であったし、文明の利器と呼ばれる物も乏しかった。しかし、みんなが貧乏だとは感じてなかったし、多くを求めたりしなかったように思う。汗して働くことに満足し、僅かなゆとりをみんなで感謝しながら分かち合って来たような気がする。それは思い出だからであろうか。決してそんなはずはないと断言したい。ここヴェトナムでもどのような形であれ戦争が終結すれば、彼ら本来の持つ泰然自若とした時の流れを取り戻すことができよう。戦争が持ち込んだ心の荒廃から立ち直り、本来の生き方ができるだろう。一日も早くその日が来てくれることを祈るだけだ。この戦争の終結に関して私にできることはただそれだけで、いかにも無力である。

我々の会話は貧困と言わざるを得ない。「お祖母さんですか」「お祖母さんはいくつですか」「仏教徒ですね」「私たちも仏教徒です」とにかく知っている言葉を使って極めて短い質問をするしかない。もちろん、相手も質問してくるが、我々にはそれがなかなか理解できない。それでも鷹揚に相手をしてくれることが嬉しい。母親はほとんど口を開かず、彼女に向かって直接質問すれば答えてくれるが、話好きなのか、お祖母さん中心に会話が進んだ。お祖母さんは話をしながら時折、ぺっぺっと唾を吐く。口の中も唇も紅色に染まり、ガムを噛むようにくちゃくちゃ動いている。歯はまるでお歯黒のように黒く染まっている。鷹揚で明るい表情がなければ、妖怪はたまた羅生門の世界を感じさせるものである。初めてその光景を眼にした者は一瞬ためらうはずである。これはキンマタバコと言って、ビンロウの実に石灰ペーストを塗して潰し、キンマの葉と一緒に噛む、いわゆる噛みタバコである。この習慣は、年齢を重ねた女性だけのものであろうか、その後何回となくこの光景を目にしたが、その全てが老婆であった。構わず唾を吐き捨てることには閉口したが、そんな相手の気持ちなど全く頓着することなく、彼女はにこやかに精一杯応えてくれた。

しばらくして、母親がキャッサバを盛った皿を運んできた。白い湯気を立てながら淡い光沢が放つそれは、炊き立てのご飯を連想させた。長さが三十センチ、直径が十センチ以上もある大きな白い芋で、米とは姿形は余りにかけ離れているものの、何故かそう思う。炊き立ての米の発するきらりとした輝きが瞬間的に脳裏に重複したのは、貧しい人々を救う貴重な主食なんだという潜在意識がそれを加速したのであろう。我々は遠慮なく頂いた。ゆで上がったばかりの熱々を口に入れると、ほんの少しの粘りを感じ、僅かであるが甘みが残る。さつまいものようなほくほく感と甘みはなく、じゃがいものようなぱさぱさ感もない。初めて体験する食感である。決して「美味しい」と歓喜する食物ではないが、主食と成り得る作物とは試験管で僅かに定量可能な極微量の旨味なり甘味を有している癖のない、飽きの来ないものなのであろう。歓喜する、舞い上がるような美味しさではないが、ゆっくり味わうと、素朴な中に太陽の恵みが口中で拡がり、旨い。我々の今まで経験した味覚では何に一番近いのか、みんなで思案したのだが、なかなかその答えを見出すことができなかった。振る舞われた物はその全てを美味しく頂くのが礼儀と、噛み締めながら味わった。「美味しい、美味しい」としか表現できず、その形容の貧しさを自覚しながらも、身振り手振りをまるで西洋人がやるように大袈裟に交え、素直にその美味しさと喜びを表現した。お祖母さんも母親も親指と人差し指で輪を作り、「美味しい、美味しい」と言いながら笑顔で応えてくれた。

しかし、キャッサバをこのように煮て食べるという習慣は余りないようである。カロリー源としては世界最高と言われ、単位面積当たりの収量から得ることができるカロリーは水稲の五倍近くもあるようだ。この根塊から製造された澱粉はタピオカと呼ばれ、食品の加工原料として使用される。薄片に切り天日干しにすれば、保存食として利用できる。原産は南米と中米の二説あり、はっきり特定できないが、元々東南アジアには自生はしていなかった。アジアへは十八世紀後半に持ち込まれたらしい。マレー半島を中心に栽培が始まり、東南アジア全域に拡がったという。その理由はキャッサバが土地をほとんど選ばず、更に年間を通して栽培適温が確保される熱帯、亜熱帯地域においては栽培が容易で、強健、多収であったためだ。米が豊富に穫れるメコンデルタを有するこの国は、一部の山岳民族を除きこのキャッサバを主食にするということはなく、澱粉加工専門に栽培している農家とその栽培の容易さから非常食、保存食程度に栽培されるようだ。主食としてのキャッサバは貧困や下層階級を意味することになる。この貧困とは裏腹に、ウィドウヴィレジにおいても限られた、しかも砂のような土地の中で、いかにも頑丈そうな草姿が荒削りな野武士のように凛とした表情を見せつけている。真夏の畑に図々しくその勇姿を見せ、地中にもこれでもかという位、根を蔓延る雑草のオヒシバは耕作者にとっては迷惑千万であるが、彼ら雑草の持つ逞しさは羨望するに値する。しかし、キャッサバにはそれ以上の生命力を抱かせ、植物として、作物として私を魅了する。素朴な味が醸し出す旨味は私の個人的なこのようなある種の思い入れによるところが大きいかも知れない。それ程の旨味を持つ食物であったのならば、澱粉材料としての食料ではなくそのものを食する文化が発展して行ったはずであろう。しかし、爆発する人口問題とそれに伴う食料問題を考える時、それの持つエネルギー量や貯蔵性、その栽培の容易さは注目すべき、魅力に溢れた作物である。

畑にはキャッサバの他に葉物の野菜らしきものがキャッサバ同様頑丈そうに並んでいた。しかし、どれもそれが何であるのかが分からない。お祖母さんにその名前を尋ねても当然現地の言葉でしか返ってこない。結局現地語の名詞を知るだけである。

「しかし、これじゃ一体何なのかさっぱり分からんな」

と黒田さんが嘆息混じりに言うと、

「食べてみりゃそれなりに分かるんじゃないか」

と即座に古川さんが言い放った。確かにそれは名案だ。葉の形や葉の出方などから検索していく方法が分類上有効であるのはもちろんであるが、味わって味覚に訴えることもそれを知る上においで大きなヒントになるに違いない。

「これ食べて良いですか」

と早速古川さんがお祖母さんに聞くと、彼女は笑いながらも、眉と目を狭めながら暗に

「苦いよ」という表情を我々に見せ、

「ＯＫ、ＯＫ」

とその植物を指差した。古川さんはその表情を十分に理解したように、注意深くその植物を覗き込み、柔らかそうなその先端部を摘み取ると、それを少しずつちぎってみんなに分けた。

「毒味は全員でしようぜ」

と年下の我々に向かって「早く食べろ」というしぐさを見せた。私は下手物に滅法弱い質なので、今までにも食卓に出されたご馳走の幾つかに全く箸をつけなかったことを経験している。例えば、韓国北部の電気も水道もない農家に入った時、珍しく肉料理を振舞ってくれた。しかし、ふと気づくと昨日までいた犬がいない。放し飼いなのでどこかふらふら散歩にでも興じている可能性のほうが大きいのにも関わらず、今、正に口の中に入れようとしたその肉が、愛犬であっただろう犬と重なった瞬間、嘔吐感が充満し全く食欲を喪失してしまったことを思い出す。畑に蛇が出た時もそうだった。現地の農家の人々が躍起になって蛇を捕らえると、直ぐに頭を落とし、表皮を上手く剥いた。それを火で焙り、こんがり焦げ目がついたところで小さくちぎってみんなで食べ始めた。予想どおり私にもその戦利品が回ってきたが、恥ずかしい話またもや嘔吐感に悩まされた。静岡の清水

のミカン農家へ行った時もそうだった。鍋をみんなでつっついていると、

「これ、海豚の肉だよ」

と聞いた瞬間、もう箸は動かなくなってしまった。恐らく何も知らず、何の先入観も持たず食べてしまえば、結構美味しいのであろう。しかし、この下手物嫌い、下手物未体験は動物性のものだけのようだ。植物になると、抵抗感は全くない。それが毒草なのかどうかも分からないということになれば話は別であるが、すんなりと口に入る。古川さんから手渡されたその野菜らしき物を口に含むとゴワッとした食感で、紫蘇の葉に似た香りがきつく、少々苦みが効いているが、味もそれに似ていて青臭さはほとんど無い。

「何だ、これは青じそだな」

と古川さんは得意そうに言った。大葉を矮化、野生化したようなものである。兎に角、味見することによってそれがしそ科の植物であることを容易に判定することができた。同じように、他の二つの植物を食べてみたが、さほど苦いとは感じなかったが、妙に青臭くて経験したことのない味であった。地球上何処へ行こうと、その地に適した作物なり野菜なりが栽培され、さらに新しい物が導入され、それが見事適応したという事実はその地域において画期的な出来事であったはずだ。先祖伝来の土地にしがみつき永きに渡り地道に農耕に勤しんできた農民は、一見伝統的・保守的に見える。それも事実であるが、それは

極めて一面的な見方である。如何に大きい物をつくるとか病気や乾燥に強い物をつくるとか、現在言うところの品種改良に精を出して来た。もちろんその手法は、先端技術などというハイテクのものではなく、極めて原始的で、その年に収穫できたものの中から良い物を選抜してきた訳だ。しかし、如何に科学が、技術が発達しようとそれが基本であるように思う。また作物の栽培起源を辿れば、優良植物が山脈を越え、海を越え遙か彼方にまで伝播した事実に驚くばかりである。この実態を知れば、農民が粘り強さと進取の気鋭に富んだ、ある意味においては革新的な存在であると言えるであろう。

キャッサバは粗放的栽培でも十分に収量が確保できその味も主食として、又澱粉原料としても必要十分条件を満たす作物である。米やとうもろこしが栽培不可能な熱帯・亜熱帯地域において、福音をもたらす食料と成り得ないであろうか。今日の彼女達が振る舞ってくれたキャッサバ、そうキャッサバパーティと呼ぼう、このキャッサバパーティはまるで強靱な肺活量を誇る運動選手がゴム風船に溢れんばかりの息を一気に吹き込んだように、私の期待感は大きく膨らんだ。

少年やその家族の屈託のない微笑みは惨たらしい戦渦を疑う程のものだ。戦争で一家の柱であったであろう父、夫を亡くし極貧とも言える生活を余儀なく強いられている。しかし、一日一日を、僅かな土地と食料を、額に汗する労働を、家族の和みを大切にしながら必死に生きている姿を目の当たりにした。生命活動を営むという見地からすれば決して余裕などあるはずもない。又、戦争という極限状態から精神的ゆとりなど微塵も期待できようはずもない。そんな彼女達が、何ら見返りなど期待することなく、他人への思いやりや貴重な食料さえ振る舞ってくれた。人間とはきっとこういう生き物なのだ。時にすさんだ状況から良心とか倫理観とかに齟齬を来すこともあろう。またそういうことがあっても当然であるが、その地に根差し大自然の中で生きていくということは、粘り強い忍耐力が要求されるのであろう。このような環境下で人は何千年という時を刻んで来たのではないだろうか。

戦争は人間が持つ本能のようなもので、歴史を紐解けばそれは戦いの連続であるなどとまことしやかに言われてはいるが、古代の文明を遡れば、人々が協力し合い、戦争とは無縁の平和な文明が永く続いた事実が存在する。それらの文明は決して希ではなく、クレタ、インダス、トルコのシャタルユユク、エジプトの初期の王朝文明などいくつもそんな御伽話のような文明が存在したという。それらに共通することは女神信仰で母系社会を営んでいたようだ。この事実を顧みるとき、人間の本能とは、共存することではないだろうか、お互いが、人も自然も動物も植物も、あらゆる物を受け入れ、それらと共存することで、人間の社会を構築してきたことになるのではないだろうか。そう考えるとき、現在の我々の至る所で戦うことに精力を費やし、さらなる戦いを自ら創り出しているように思えてならない。

初めてウィドウヴィレッジであの少年と会話した時に次々と飛び出した日本企業の数々、その企業で働く人々を企業戦士と呼ぶ。受験戦争、就職戦線、交通戦争など、戦争とか戦いとかという言葉で比喩する事柄は巷に溢れ返り、人間の心を激しく揺さぶり、まるでありとあらゆる競争に勝ち抜かなければ真っ当な人として生きていけないような錯覚を引き起こす。そう、それは正に錯覚であり、誤りなのである。我々は効率主義万能という言葉に踊らされ、いつの日か、共存することの価値や知恵を忘れてしまったのではないか。しかし、今私は劣悪な条件下で暮らす人々の中で、この共存の知恵を目の当たりにした。どうやら人間は捨てたものではない。戦争で夫を奪われ、生活の基盤を失った未亡人とその家族が住む特別区とも言える村、そこは誰もが違和感を持たざるを得ない鉄条網で覆われたいかにも閉鎖的な村、そんな先入観を抱かせる村の住人は意外にも開放的だった。明るさが眩しかった。仏様には供え物を欠かさず他人にまで分け与えるゆとりすら持ち合わせている優しい人々である。しっかり生きる、優しく生きる、人として生きるとはこういうことなんだ。今私はこの人たちのために何かをしたいという気持ちから、一緒に何かを建設したい、創り出して、生み出していきたいという素直な気持ちをはっきり確認した。

　家屋の裏側には熱帯果樹の数々が並んでいる。そのほとんどがジャックフルーツで、これは熱帯の住民や家畜にとっては重要な果樹だという。その果実は楕円形で長さ二十五センチ、直径十五〜二十センチ、重量は七〜九キロとその大きさには驚かされる。そんな果実がごろごろ実をつけているのが見える。この実は通常は生食するが、加熱調理としても食されるらしい。その味は熱帯果樹独特の正に醸し出すきつい匂いがあるものの、初めての者にもその甘味や旨味は魅了するものだ。干果にするとさらに甘味が増加するらしいが、残念ながらそれを食べる機会には恵まれなかった。種も炒って食べると栗のような味がするらしいがこれも経験していない。こんな高木が並ぶ裏手は、我々の表皮を楽々焦がしその内部にまで炎症を引き起こそうとする陽射しと熱を遮断して、大きな木陰をつくっている。そこは意外に居心地の良い空間だ。先日ハンモックに包まれるように昼寝をしている姿を目撃したが、なるほど頷ける。裏口には井戸もあり、生活水は事足りている様子である。高木が並び豊かな水が存在すると、潤いというものを感じる。センターの農場で、作物が植わっているにも関わらず、荒涼とした枯渇感に似たものを直感的に受けたのは、やはり木という木が全くないことによるものである。その地に適したその地に永きに渡って根差した樹木の存在というものは、こんなにも我々に肉体的にも精神的にも潤いを供給してくれるものであるということが実感できた一瞬である。我々は畑を十分に見せて貰った後、裏手に回りこの木陰に腰を下ろした。みんなは一斉にタバコに火をつけ、満足げに煙を吐き出した後、その青白い煙を目で追いかけながら木陰をつくる高木をゆっくりと見上げた。

ゆったりとした時間が流れている。とっておきの避暑地でのんびり空を仰ぐ。いかにも熱帯らしい肉厚の葉が時折走り抜ける微風にがさっがさっと揺らされる。するとそこから木漏れ日がきらきら零れ、その遠く先にある紺碧の空を映し出す。普段寡黙な古川さんは、あの時の大葉に似た紫蘇の試食以来いつになく饒舌である。

「あいつが落ちてきたら大変だな」

と切り出した。

「あれが頭に直撃して人が死んだという話は聞いたことがないから、大丈夫なんだろう、それにしてもでかい実だよな」

と黒田さんが応えた。

私は

「食べたことがないのでその旨さがどんなものかは分からないんですが、熱帯作物学の授業ではジャックフルーツについてやった記憶があります。熱帯果樹としてとにかく重要な食料源であるし、重要な換金作物でもある、なんて話でしたよね。そういう貴重なものを落ちるまで放置しておくことはないように思うんですが」

「じゃーあんな高いところの実をどうやって採るんだ」

と古川さんが切り返してきた。

「古川さん、そんなに知りたいならお祖母さんに聞いて下さいよ」

と私が突っ慳貪に言うと、黒田さんは
「聞くに及ばんだろう、あの棒だよ。あの長い棒で突っつくんだろう」

と先が二股に分かれた長い棒が軒下に立て掛けてある方を指差した。松江は例によって自分の知識をひけらかすように
「皆さんはドリアンという熱帯果樹をご存じですよね。あれはジャックフルーツよりは小さいですが、それでも二キロ以上はあります。その収穫方法は成熟して自然落下するのを待つんです。それが一番美味しいと言われています。その時期にその樹下を通るということは極めて危険で、それこそあの棘が頭を直撃したら命取りです。もちろん、落下前に収穫することもあるらしいですが。ということは、あれだけ高い木に実るジャックフルーツも自然落下を待って収穫ということも大いに考えられると思いますが」

と古川さんを少々困らせた。

ドリアンはマレー半島を原産とする果樹で、熱帯果実の女王マンゴスチンに対して、熱帯果実の王様と言われている。その果実は二~四キロに達し、果皮の全面には太い棘があり見るからに完全武装して外敵を遮断している様相だ。果実の王と言われる所以は見るからに勇猛果敢な将軍のような外観ばかりだけではなく、一度その味を知ってしまった味覚神経はその旨さの記憶を捨て去ることができない程の逸品であるからである。しかしそれを旨いと感じるかどうかは二分されるであろう。何故ならば、その旨さを体得するためには、独特の臭気で包まれたクリーム色の果肉が醸し出すまるで生卵が腐ったような、あるいは肥溜めのような強烈な臭気を超越して、それに挑む勇気を持ち得るかどうかである。

「なる程、松江の言うことは理路整然として説得力はあるが、あの長い木でとるんだろう。とにかく後で俺がお祖母さんに聞いとくよ」

と古川さんはそんなことはもうどうでもいいよとでも言いたげな口振りで、

「黒田、ところで今度の日曜日はサイゴンに行くんだよな」

と話題を変えた。

「その件に関しては今日、夜のミーティングで打ち合わせをするつもりだったんだが。何しろ初めての遠出になるから、藤木も大原も一緒に行くということだ。中西さんが丁度サイゴンに帰っているということで、その挨拶も兼ねてサイゴン市内を見て回るということになるな。とにかく、何処か希望があったら夜言ってくれ。今日は予想以上に色々知ることができた。これから調査の目処も立って良かったよな。今日はこの辺で失礼しようか」

しかし、松江はさっきの件が納得できず、

「古川さん、帰る前にお祖母さんに聞いて下さいよ」

とやや棘のある言い方で確認を求めた。

「分かったよ、分かったよ」

と言いながら、玄関の方へ向かって行くと、お祖母さんを連れて直ぐに裏手に戻って来た。冷や汗なのだろう、額の汗をシャツの袖で何度も拭いながら例の長い棒を指差して、しかも日本語で「あれで、これを採るんですか」と何度もジャックフルーツを採る真似をした。お祖母さんは、キンマの赤い唾を吐きながら右手を左右に振りながら
「違う、違う」

と言っている。どうやら、松江論が正解なのか、それとも古川さんの質問の内容が誤解されているのか、それは定かではないが、古川さんは
「分かりました。ありがとう」

とヴェトナム語で答えると、お祖母さんは
「OK、OK」

と納得したようであったが、我々は何が何だかよく分からず終いであった。後で調べて分かったことであるが、ジャックフルーツはその実を収穫する適期は比較的若い時期で、自然落下を待つということはどうもなさそうである。通常木に登って収穫するようだ。例の長い棒は、それを収穫するには余りに短すぎる長さであることぐらいちょっと考えれば分かったはずであったのだが。松江論も否定されることになった。

我々は、とにかく彼女達の極めて友好的な対応と家の様子がよく分かったことに満足し、その家をお暇した。

ウィドウヴィレッジの家屋の造りや敷地は基本的には同一である。畑というよりは正にこれを菜園と呼ぶのであろう。その菜園にはどこも同じような作物が植えられている。そこで容易に栽培可能な作物を無理なく、栽培しているのであろう。極めて当然なことだ。我々はここの実態、それは彼女達の生活の基盤とも言える収入源、今後どのような生活に希望を持っているのか、特にこの菜園を農地として有効的に活用する意欲があるのか等をもう少し詳しく調査して、その方向性を見出すことができれば良いのだが。

あの真夜中の戦闘が引き起こす轟音と地響き、家屋の横揺れ、それが発生していること事態に全く気づくことなくぐっすりと深い眠りの底に沈むような夜が続くようになった。それは人間の持つ慣性というすばらしい能力かも知れない。同時に熱帯という異文化、異なった環境から受ける緊張やストレス、体力の消耗から解放し、深い眠りの中でそれら全てを癒すという術を生命の営みの中で、培って来たものなのかも知れない。午前中の天地返しは、僅かずつではあるが、着実に陣地を拡大するかのように順調に進行している。ウィドウヴィレッジでの調査も予想以上に成果を上げている。センター入口の万屋へはしょっちゅう買い物に出掛け、その家族ともすっかり顔馴染みになり、我々の会話も相当なものだと結構悦に入っている。

## （六）首都サイゴン

明日の日曜日は、ついにサイゴンまで足を延ばす事になった。車窓に流れたあの瀟洒な街並みを思い浮かべると、街の雰囲気やらサイゴンの人々の生活様式に惹かれることしきりだ。この前サイゴンで何が見たいかという話になった時、我々ははたと首を傾げてしまった。あのサイゴンのような都会で、興味関心のある場所など、みんな持ち合わせていないのだ。美術館へ行きたいとか、映画を見たいとか、そんな気の利いた者は誰一人としていない。思案した挙げ句、「サイゴンの台所である市場が見たい」とか「水上生活の様子が見たいな」というものだった。私は昔から動物園に行くのが大好きだった。上野動物園にパンダが来た時など入園者が殺到して、動物園がまるで人間園に変わったようだったが、その時パンダ舎の案内人の言葉が忘れられない。パンダ舎の前は行列が延々と続く。「皆様、立ち止まらないで下さい。カメラは二百五十分の一秒で撮れます。立ち止まらないで下さい」

これには、いらいらが募り、心中穏やかでない、順番待ちを余儀なくさせられている人の群衆も思わず苦笑した。猿山の前にいると、二時間でも三時間でも飽きることなく見入っている。母猿が乳飲み子を抱いて、大胆に移動する中にも子を気遣う繊細な動きを見ることができる。親子の止めどない深い愛情に感嘆する。ボス猿の偉そうで、権力を維持するためには慈悲の欠片もない様子から一瞬垣間見える群を従える気配り。猿山のこんな光景は私に時の経過を忘れさせる。巨象には圧倒させられる。あの巨躯をゆっくりと動かす。丸太ん棒みたいな足は無神経極まりない様相であるが、実はその運びはとても繊細だ。円らな瞳の奥に潜む柔和と憐憫は何を意味するのか。人と共存しながらも、故郷の広大な草原や森林に戻りたいという、そんな彼らの心情を想起させる。一番私を魅了する動物は虎だ。アジアにだけ生息することも魅力の一つであるが、あの威風堂々たる勇姿、流れるような背線、いかにも俊敏そうな身のこなし、兎に角気高い印象を与える。全体のバランスに比して意外に太い四肢には驚くが、それが強さの証でもあろう。見物人には我関せずという仕草を見せつけるが、何か感じるものがあってか、一瞥する瞬間があるが、檻の中とは言えあの鋭利な眼光には思わず腰を引いてしまう。第二次世界大戦中の日本の動物園は、国民の生活が困窮を強いられるにつれ、多くの悲劇が発生したと聞いている。人間の食料が逼迫しているのに、動物までとても手が回らない。関係者は我々が想像する以上に心を痛めたに違いない。このように私を動物園に引きつける魅力は止めどなく続いてしまう。

私は

「サイゴンに今でも動物園があるのならば、是非行ってみたい」

と控えめに言った。

松江は

「良いじゃないか。俺達は植物ばかりに関心を寄せるが、熱帯の動物園には日本とまた違った感じかも知れないな」

と私の意図とは若干違った見方ではあったが、賛成した。

黒田さんは

「そうだな、面白そうだな。もっともこんな社会情勢で開園してるかどうかは分からないが、中西さんに聞けば直ぐ分かるだろう。そうしよう」

ということで、動物園行きは最優先されることになった。

我々にとっては初めての一人旅と言ってもいいだろう。藤木さんと大原が同行するとは言え、保護者とも言える親分肌の小松さん抜きでは、実のところ心細い。彼は心底怖いけれど、万が一、窮地に追い込まれた時はマントを翻し颯爽と登場する正義の味方スーパーマンのように、格好良く助けてくれる、そんな人物である。夕べは、小松さんから
「盗難には気いつけろ。特にパスポートは絶対肌身離さず持ってろよ」

としか忠告は受けなかった。その小松さんが運転する例のトラックの荷台に乗り込み、ビエンフォアのバス停まで送って貰い、珍しくにこやかな小松さんの笑顔がやや緊張気味の我々を和ませた。

バスの型式はそれ程の歴史を感じさせる代物ではなかった。アイボリーを基調に赤と青をあしらい、そこへ所々赤錆が露出していると言った具合である。お世辞にも快適な乗り心地と言うには無理があるが、まずまずだ。予想どおりがらがらで、もし満員であったなら彼が直ぐに車掌であるとは分からない風体のおじさんが、切符の確認を求めてきた。全て大原に任せっきりであるので、こちらは知らんぷりと決め込んでいる。しかし他人任せというものはどうも塩梅悪い。自分で責任持って行動しているという意識が希薄になり、

勉強にならないことは確かだ、などと反省しながら窓から車内へ舞い込んでくる風がなぶる頬に僅かばかりの清涼感を求め、流れていく景色をぼんやり眺める。左手には国道と平行して延々と基地が続く。右手は荒寥とした荒れ地の中に、時折民家やら畑、樹木の塊がぽつぽつと散在している。行き交う車をほとんど見ることはない。勢い、結構な速度でバスはサイゴンへ向かう。比較的大きな町なのであろう、バスは時折停車するが乗り込んでくる人々も疎らだ。一時間も走ればサイゴンの町中にあるバスターミナルに到着するが、サイゴンに近づいて来た気配は、視覚的にも嗅覚的にも判断可能だ。遠目にもサイゴンの街はスモッグにすっぽりとドーム状に覆われているのである。それは霧にむせぶロンドンのような幻想的な情景ではなく溢れんばかりのバイクが吐き出す排気ガスが幾層にも重なり、それが織りなす光景だ。先程来、頬で遊んでいた風は突然排気ガス臭を運んでくる。まだ車の往来は寂しい限りの道路であるが、これには驚かされる。街を覆ったスモッグは、その臭気を熱い大気に混濁し、ゆっくりと遠くへ押し出しているのであろう。

サイゴン市街へ入ると、戦時下と言えどもそこはさすがに首都サイゴンである。放射線状に延びた道路には、バイクにシクロ、自転車と往来も激しい。自動車こそ東京のそれとは比較にならない程の数であるが、結構乱暴に行き交っている。街並みそのものは人通りも少なく活気に満ちているとは感じられないが、現在置かれた社会環境を考えれば、想像以上の人々の動きだ。我々はターミナルでバスを降りると、直ぐにタクシーを拾い中西宅へと向かった。

中西さんは我々の先輩で、このサークルの創設者である。韓国でのワークキャンプを機に韓国での活動を開始し、国際奉仕農場建設まで尽力した人である。その後、単身戦渦のヴェトナムに飛び込み、中部バオロックの山中に入り、農民に養蚕技術指導を行い、その成果が高く評価され、政府間レベルの国際協力へと発展した。彼はサイゴンとバオロックの両方に居を構え、もちろんバオロックでの活動が中心であるが、時々両政府との連絡調整のためサイゴンに戻ってくる。一見どこか良いとこの坊ちゃん風で、小柄で華奢であるのでとても見知らぬ地で農業などできる風貌、体格とはほど遠い。話をしてもとても穏やかで、我々後輩に対しても物腰が柔らかく、そんな行動力を持ち合わせているとは、とても考えられない。小松さんとは対照的な人物である。

大原の案内が良かったのか、タクシーは何の障害もなく、すんなりと中西さんの住むマンションの前で止まった。そのマンションの五階を目指し、エレベーターを待った。そのエレベーターは我々が普段目にする全て遮蔽された鉄の箱ではなく、昔のフランス映画に出てくるあの檻のようなやつだ。昇降時に建物の内部が丸見えで、なかなか楽しい。見知らぬ人と一緒に沈黙と閉所に耐えなければならないそれとは違い、ある種の開放感と恐怖感が微妙に混ざり合い、しかもアンティックで趣がある。

中西さんとは以前一度東京で会ったことがあり、初対面から来る堅苦しさはない。しかし、中西さんにしてみれば、そう言えば見たことある連中だな、位の記憶であろう。一人一人の顔と名前を頭に叩き込むように我々の自己紹介に聞き入っているのがよく分かり、それはとても人に好感を与えるものだった。

「君達も折角ヴェトナムくんだりまで来たんだ。センターだけにいるのではなく、色々見た方が良いな。とは言え生命の危険な場所へ行く訳にもいかんからな。俺なんか結構危ない橋を渡って来たからね、逆に何処が比較的安全かということも知っているつもりだから、小松と相談して君達の研修コースでも練っとくよ。ところでどこかここだという強い希望でもあるのかな」

と投げかけた。

黒田さんは
「一応全員の希望としては、中西さんのやっていらっしゃるバオロックと、あと一つはメコンの米作りです」

と説明した。

「そうだね、私のところは良い日を選んで来て貰うよ。村は可愛い女の子ばっかりだから、期待してくれ。メコンもいいね。これも適当な場所を考えておこう」

といかにも面倒見が良く、その優しい人柄が伝わってくる。しかし、どうしてこの小さな体から、人の良さそうな好人物から、単身韓国、ヴェトナムへ乗り込んで自分の活動場所を見つけ、しかもその地で実績を積むというエネルギーと行動力が沸き起こってくるのか、とても不思議である。ただ一つ、僅かな時間にその片鱗を見つけ出したとするならば、無駄な言葉を省いた明快な話しぶりであろうか。

中西さんとはいずれゆっくりと話を聞く機会があるので、早々に失礼した。帰りもその洒落たエレベーターに乗り、一階まで降りた。遮蔽物の箱の中では自分の置かれた状態が見えない故の恐怖感があるが、周りが全部筒抜けで見えてしまうというのも、見えるが故の恐怖をそそるものだ。

動物園は幸運にも開園しているという。とりあえず先に行ってしまおうということになり、タクシーを拾おうとしたが、さっきのターミナルと違いなかなかタクシーが来ない。ようやく一台を掴まえ、それを待たせておいてもう一台を待った。一台目の運転手が気を利かせて二台目を直ぐに掴まえてくれ、サイゴン動物園に向かった。正直言って自分が今何処にいるのかがさっぱり分からない。サイゴン市内の地図も全く頭の中に入っていない。ただただこのヨーロッパ風の街並みを好奇な目で追うばかりである。すると突然、タクシーは停まった。急ブレーキと共に右端の路肩に車は寄った。我々は一体何が起こったのか、皆目見当がつかない。

大原が運転手に

「何ですか」

と尋ねる。

彼は後方を指差し

「警察、警察」

と言っている。指差す方向に目をやると、一目で警察官と分かる、制服に身を包んだ男が一人、何やら険しい目を光らせ、タクシーに近づいて来た。彼はタクシーの前まで来ると、腰からやおら拳銃を抜き、彼の発する音そのものは理解できないが、その動作から車から降りろと言っているのが、容易に理解できた。何ら悪いことなどやっていない善良な我々に向かって、善良であるはずの警察官が、しかも白昼その銃をぶっ放すことなどあろう筈もない。しかし、突然の出来事に身も心も凍りつく思いだ。兎に角全員が車から降りた。例の深夜の轟音に初めて遭遇した時よりも、現実味が明確で、足元ががくがく振るえおぼつかない。筋肉のみならず、神経と名のつくあらゆる神経が、骨髄までもが激しく震動しているかのようだ。熱い陽射しにすっかり焼かれた赤銅色の逞しい青年の顔は血の気を失い蒼白だ。何処に焦点を合わせればいいのか分からない目がふとタクシーの運転手に届いた。あろうことか、彼らはにやにや笑みを浮かべているではないか。人が生死の境とも言える窮地に追い込まれている、少なくとも私にはそう思わざるを得ない究極の状況だ。そんな緊迫する場面を眺め、まるで猿芝居でも見ているかのように薄ら笑いを浮かべている。本来ならば激憤が走る筈だ。しかし、何故か私には僅かばかりの安心感がよぎった。藤木さんが警察官と何やら会話を交わしている。するとバッグからパスポートを取り出し、それを彼に見せながら「我々は日本人の学生で……」云々という言葉が聞き取れた。彼はこの若者集団が何であるのかを理解したようである。三角の目からようやく角が取れ、銃を納めた。

「全員パスポートを見せろと言っている。若いのが何人もタクシーに乗っているんで不審に思ったようだ。全く問題ないからな」

とみんなを安心させるかのように言った。何だそんなことかと常軌を取り戻したように、みんなはおもむろにパスポートを取り出した。

「ふっ藤木、俺のパスポートがないんだよ。忘れて来たようだ」

と吃音混じりに岡本さんが小声で、藤木さんにすがりつくように言った。

「この間抜け、昨日ちゃんと確認したろ」

と怒鳴った。同時に再び全員が青ざめた。藤木さんは自分の財布をズボンの後ろのポケットから取り出すとその中から紙幣を何枚か抜き取り、それを自分のパスポートにはさんだ。そしてそれを警察官に手渡し、二言三言交わした。警察官はパスポートを開けて、はさんであったその紙幣を抜き取り、それをポケットにしまい込んだ。すると我々が手にしているパスポートを確認することなく、しかも驚くべきことに

「ありがとう」

と言いながらその場を立ち去ってしまった。みんな呆気にとられている。一体何が起こったのかさっぱり分からない。

「兎に角動物園まで行こう」

と藤木さんに促されると、みんな再びタクシーに乗り込んだ。固い座席に体を滑り込ませると、その瞬間肌着にべっとり染み込んだ汗が、ひんやりと体感温度を下げた。手足の震えが止まらず、何とか落ち着こうとタバコに火をつけようとしたが、使い捨てライターの火が上手くつかない。やっとの思いで一服するのに漕ぎ着けた。右側にアメリカ大使館が見えてきた。世界の覇者として君臨すると自負する強国の所有するその建造物は、巨大な力を誇示するかのように威厳を放ち、豪奢でしかも美しい。無風なのか、星条旗がだらりと垂れているその様相は強国とは反比例するかのように無力感を誘う。まるでこの戦い

へ注ぎ込んだ莫大なエネルギーの浪費に疲弊した兵士を、アメリカそのものを象徴するかのようだ。

先程の激震はようやく治まったようだが、車内は沈黙が続いていた。タクシーはそこがアメリカ大使館であろうと何処であろうと、頓着する気配すらなく通り過ぎた。目を丸くして街並みを見入る元気もなく、何となく車窓を流れる風景を眺めている。間もなく車は、再び右側の路肩に寄って行き、今度はゆっくりと停車した。一瞬どきりと緊張が走ったが、どうもそこが目的地であるらしいことに気づき安堵した。緑の樹木に覆われた涼しげな小さな森のようなサイゴン動物園の前に立った。藤木さんは小松二世と呼ばれる程その雰囲気は酷似している。自分の信念に酔いしれ、他の意見を受け容れない面があるが、やはり親分肌で自分に厳しいいし、他人にも厳しい。いかにもフロンテイア然としている。しかし、他人の面倒見も頗る良く自分の全財産を投げ出しても人を救うタイプだ。現実に藤木さんと一緒に飲みに行くと大して金も持っていないにも関わらず後輩には一切払わせない。その翌日は、飯を食う金もなく我慢しているが、武士は食わねど高楊枝と決め込んでいる。そんな藤木さんの怒り心頭、大爆発が手に取るように明らかで、我々後輩は戦々恐々としている。岡部さんとは同じ九州出身で、どうしてあの二人が話が合うのか分からない程、不思議に仲が良い同級生であるが、こんな失態は許す筈がない。

「おい、みんなここに座れよ」

と動物園入口前の丁度木陰になるベンチに藤木さんは座った。

「さっきのことだけど、あれは実はよくあることなんだ。警察官はあの権力を笠に着て、とれる者からはとろうというつもりでパトロールしている訳だ。あの時、例え岡部がパスポートを持っていたとしても何だかんだといちゃもんをつけてきただろう。こんな場所にいかにも健康そうな青年集団がいる訳がない。いるとすれば外国人だ。外国人なら金を持っている。金を持っている連中からは何かをせびろうという図式だな。あんまり良い方法とは言えないけれど、金を渡しておいた方が面倒がなくていい。もちろんさっきは我々に落ち度があったからだけどな。岡部分かってるか。ここは外国だぞ。お前だけが初めての外国だから今回は良い勉強をしたことにしておくけど、外国しかもこんな情勢の国で、自分の身分を証明できるものを持っていないというのは、無知も甚だしい。忘れましたじゃ済まないんだよ。しかも自分だけじゃない。他人にも迷惑をかけることになるんだ。みんなも気をつけてくれ」

岡部さんは無言である。拗ねた様子などもちろんない。本当ならば、みんなの前で謝罪すべきである。恐怖と羞恥心でまだ常軌を取り戻せないでいるのかも知れない。

松江が

「サイゴンでは警察官は信用できないどころか、危険だということですね」

と、訊くと言うより念押しするように言った。

「なかなか難しいな。危険というのか、人を傷つけるようなことはしないだろう。重箱の隅を突っつくように、些細なルール違反を無理矢理見つけるわけだ。それ程あくどい事はしないが、富める者からは頂くという無心、ピンハネの世界だな。何もかもが」

と笑顔混じりに藤木さんは言った。

藤木さんの笑顔が戻ったところを見計らったように、隙あらば消沈振りの激しい岡部さんの擁護に回りたい仕草を見せていた黒田さんは遠慮がちに
「動物園に入るとするか」

とみんなに言った。動物園は閑散としていて、まるでプライベートズーという雰囲気を漂わせている。時折、例の迷彩色の服に身を包んだ若い兵士が恋人なのであろう、原色のアオザイを着こなしたすらりとした痩身の美人と楽しそうに歩いている姿が眩しい。日本の動物園のように家族連れで賑わいを見せるという光景には遭遇しない。恐らく兵士達は与えられた休暇をこの上ない贅沢と安堵の時として実感しているに違いない。愛する人と人生の一瞬とは言えその一瞬を共にできる至福を謳歌している彼らには、勇猛な兵士の、孤独な兵士の瞳は見えない。貴重な一時を、一秒をも惜しみながら大切に生きている姿は

美しい。生きるとは、一時に集中して何か建設的な作業をすることかも知れない。それが、物理的世界であろうと、精神的世界であろうと、抽象的世界であろうと、何かを創造することかも知れない。彼らは今、この時を本当に生きているように感じた。それがとても羨ましくもあり、とても悲しくもある。私は動物園に行きたいと言いながら、どうやら人間観察を始めたらしい。

この動物園はいつ頃開園したのであろうか。それ程朽ちた印象は受けない。東京の上野とか多摩動物園と比べると、敷地面積とか動物の種類、数はその比ではない。緑が多く、庭園風に仕立てられ、こじんまりとはしているものの現在のヴェトナムという特異な状況を考えれば正にオアシスと呼ぶに相応しい。勝手な言い分であるが、ここが余りに広大で珍獣、奇獣に誘われるような場所であったら、むしろ興ざめだったかも知れない。とても親近感の湧く動物園だ。これもフランスの残した遺産であろうか。つくりはヨーロッパ風に整えられ、幾何学模様を基調としながら随所に螺旋形を配している。

動物園という所は誰の心も和ませ、童心を回帰させる。さっきまで失意の人のように佇立していた岡部さんもみんなと楽しげに会話をしている。円形の小さな池の中心には噴水があり、そこから高さ三十センチ程ではあるが水が噴き出し涼感を誘っている。その池の後ろには虎が二頭、直射日光を避けるように、檻の奥でその美しい姿態を横たえている。

「噴水の前で写真を撮ろうぜ」

と何処から調達してきたのか、古めかしい一眼レフを肩から下げた古川さんが言った。

「そこにみんな並んでくれ」

と彼は指差し、みんなを一列に並ばせてから、レンズに引っかかりそうなごっつい人差し指でシャッターを押した。私は直ぐさま
「もう一枚私が撮りましょう。古川さん入って下さい」

とカメラを催促した。戦後早々にでも輸入されたような、今となっては懐かしい舶来の香りが漂うコンパクトなカメラだ。

「これどうやって撮るんですか」

と尋ねると、

「お前、大丈夫かよ、ちょっと待ってろ」

と言いながら、古川さんはレンズを覗き込み不器用そうな手で調整しているようだ。

「全部合わせておいたからな。いいか、ここでだぞ、動くなよ。この場所でこのシャッターを押すだけで良いからな」

と撮る足元の位置を念押ししてみんなの中へ入った。ご丁寧にも、彼はしぼりもピントも全部合わせてそのクラシックなカメラを私に渡してくれたのだ。私はレンズを覗き込ん

だ。みんなの無邪気な笑顔が一列に並んでいる。それはとても清々しく眩しい。この動物園に来て本当に良かったと素直に感じた。

我々だけではない。幾組かの二人連れ、何人かの年老いた見物人達には微笑みがあった。それは純真で無垢なものだ。厳しい、激しい社会の中で笑いを持てる場が提供されるということはとても価値のあることのように思う。「欲しがりません、勝つまでは」という訓辞なのか、標語なのか、そんな言葉が頭をよぎった。何も贅沢など要求しない。しかし、どんな環境下に置かれようと、否、厳しければ厳しい程、人間にはゆとりが必要な気がするし、それを求めるのが必然ではないか。民衆というものはそういうものだ。そのゆとりを自ら創り出し、幾ばくかの楽しみを一瞬とは言え享受しながら、厳しい条件に耐えるものだ。

小規模とは言え、この動物園が一体どれだけの人々で維持され、支えられているのであろうか。子ども達に夢を与えるため、いや子ども達だけではない、人々に安らぎや楽しみを与えるため、動物達を守るために惜しみない努力を続けている人々の存在を思うと感銘する。そういう人々に限って、多くを語らない。争いのなかった昔日を思い出し、子ども達が動物と触れあい、歓声をあげる日々、家族と触れあい心底楽しんでいた平和な時代が再び到来することをじっと待ち望んでいることだろう。現在、時折訪れる子ども達の中に

「お母さん、僕大きくなったら動物園の飼育係になるんだ」という声を聞いたら、涙が出る程嬉しいに違いない。

首都サイゴンが戦渦に巻き込まれることはないという自負でもあるのであろうか。白く美しい景観を一層引き立たせるその緑の森は、人々にゆとりを与えるオアシスである。そんな動物園が閉園に追い込まれず、今、尚存在していることに、敬意を表したい。

動物園を満喫した我々はアーチ状の門をくぐり外へ出た。さっきの悪夢が再び蘇ったかのように、岡部さんの動作は落ち着きを失っていた。それは誰が見ても手に取るように分かった。藤木さんと黒田さんは何か小声で話をしている。みんなは入口近くのアイスクリームや搾りたてを飲ませるジュースやらが並ぶ露店の前で物珍しそうに物色している。

「おい、みんな集まってくれ」

と黒田さんは入口前のベンチにみんなを呼んだ。いつもと全く様子の違う岡部さんを気遣うように

「岡部、大丈夫だよ」

と前置きして、

「今、藤木とも話したんだが、まだ時間が十分にあるから予定どおりチョロンまで足を延ばし、ビンタイ市場を見てから帰ることにしよう。とりあえず昼飯も食わなきゃな」

と言った。朝から興奮の連続のためか、朝食を軽く済ませたっきりの胃袋は、すっかり空になっている時間なのに、空腹感なるものはとんとお呼びでなかった。「昼飯」の一言が、空っぽの胃袋を刺激したのか、堰を切ったように突然、空腹感が襲ってきた。

何とかタクシーを捕まえ、「チョロン」と告げると、すんなり目的地まで運んでくれた。チョロンの街は漢字が目立った。日本人も足を運ぶのであろうか、ひらがなとかたかなを操った妙な日本語も僅かであるが目にする。たまたま大きなかたかなで「レストラント」と書いてある店が苦笑を誘ったこともあり、その中華料理屋で昼食を摂ることにした。メニューにこそ日本語はなかったが、漢字で大方の予想はついたし、値段もしっかり載っていたので、価格と相談の上無難な選択をして、注文した。

全く予定外のあのお巡りさんとの件は、意外に時間を費やした。帰りの時間を逆算すと、残念ながら食事を楽しむ暇はない。早々に食堂を出ると、ビンタイ市場に向かった。華僑が多いのか、チョロンの街並みは今までとは趣が異なり、乱雑な中での躍動感が伝わって来る。ビンタイ市場はでかい。駅のホームのような建物の中に小さな商店が所狭しと並んでいる。灯り取りが少なく少々薄暗い環境が危ない生命力を助長する。雑穀類の山また山。生きた家禽類が檻に入れられガーガー鳴いている。極彩色が眩しいアオザイの生地が幾重にも吊され、更にその奥に仕立屋が並ぶ。正にそこは生命が息づいている。ありとあらゆる食材で溢れている。少なくとも私にはそう映る。ここにいる限り貧困と戦争とは全く無縁である。この食材の全てはここヴェトナムの地で育ったものだろう。小松さんが孤軍奮闘しているレタスもキャベツも涼しい顔をして並んでいる。所謂高原野菜と呼ばれるものだ。

キャベツの山を見た瞬間、懐かしく且つ不思議な記憶が蘇って来た。それは丁度一年前の経験だ。私は韓国北部の貧しい農村に入り、一ヶ月近くそこの農家で同居し、農作業を共にしていた。電気もなく機械と呼べるような代物も一切なく、何でも手作業でやるしかない、そんな生活だ。陽が落ちると真っ暗闇の中、一筋のランプの灯りは意外にも誇らしげにその光の幅を広げる。満天には名も知らぬ無数の星が散りばめられ、不思議なくらい壮大で、宇宙の平穏と安定が私に降りかかり、すっぽりと覆うのである。真夏の辛い労働をそれが十分に癒してくれるのだ。ここでの生活も残すこと、指折り数える程になった頃、

「今日は町まで出掛けるから、何か食べたいものはないか。遠慮しなくて良いよ」

と農家の主人は今までの労苦を労うような口振りで言った。無意識の中で口をついた言葉は「キャベツ」だった。「キャベツ」と言った後、自分でも不思議だった。何も後悔した訳ではない。日本の食生活が一寸前までそうであったように、ここでは生野菜を食べる習慣がなく、韓国に来てから二ヶ月が過ぎようとしていたが、私は生野菜を一切口にして

いなかったのである。しかし、そのことを意識したり、そんな欲求が起こっていた訳ではない。それがどうしたことか、「何か食べたいものはあるか」という刺激が、その潜在を衝動的に反応させたようだ。おやじさんは
「キャベツか」

と不思議そうに問い返した。

「そう、キャベツが食べたいんです」

と反復した。

「キャベツはどう料理するのか」

と困惑げにおばさんが口を挟んだ。

「そのまま食べたいんです。細く切ってそのまま食べたいんです」

「気を遣うことないんだよ。韓国の牛肉は最高に美味しいんだよ。若いんだからそんなものが食べたいんじゃないの」

「いえ、キャベツが本当に食べたいんです」

キャベツなど好物でも何でもないんだけれど、不思議なくらいキャベツが食べたくなった。こんなやり取りを繰り返すうちに、キャベツに対するこだわりがますます増幅し、無性に食べたくなってしまった。

早速、その夜の食卓には千切りキャベツの山が置かれた。「これをどうやって食べるんだ」と農家の家族全員が興味津々、私を注視している。私はその山盛りキャベツに醤油をかけ、ばりばり食べ始めた。キャベツがこんなにも美味しいものであることに初めて気付いた。歯にしゃきしゃき当たる食感と言い、ほんのり滲んでくる甘さといい、格別な味だ。そんなにも誇らしげに食べる姿に釣られて子ども達がキャベツに手を伸ばし、キャベツをほんのひとつまみ取って恐る恐る口に入れた。彼らの顔は一目瞭然、「まずい」をあからさまに示した。それから子ども達は二度とキャベツの山に手を出すことはなかった。

あの時、自然発生的に飛び出した「キャベツが食べたい」という欲求は、恐らく生の野菜が不足したために、生理的にも、栄養的にも体内の恒常性を維持しようとする本能が私の経験を蓄積している大脳部分を刺激し、そう言わせたのではないだろうか。しかし、今私はキャベツやレタスの山を目の前にしているが、それを体内に摂り入れたいという欲求は発生しない。要するにフランスなりアメリカなりの食文化がこの地では完全に同化している。日本と同じように、南北に長いヴェトナムは中部高原地帯や北部において、所謂高原野菜の栽培は可能である。そこで収穫された野菜が、大消費地サイゴンに集まってくる。

大きな市場がサイゴンには幾つかあるらしいが、市場の中にいる限り飢餓などという言葉やその心配は吹っ飛んでしまう。農業とは無縁の大都会というところは何処の国へ行ってもそうなのかも知れない。サイゴン市民の胃袋を支える要である市場なら豊富な食料が用意されていて当然なのかも知れないが、何か釈然としないまま、市場を出た。

ビンタイを出て、その広い通りに沿って、街並みを楽しみながらバスターミナルまでのんびり歩くことにした。歩道は十分広く確保され、整然と建物が続く通りには、机一個か二個分の露店が不規則的に散在する。好奇と若干の恐怖の目をあちらこちらにやりながら、ゆっくりと歩いた。フランスパンを山と積んだ店はパンの独特な香りを我々の鼻先に運んでくる。アメリカ制のタバコを並べた店もある。小さな路地から迷彩色の帽子を深めに被ったおやじさんが声を掛け、こちらに来いと手招きしている。白昼、大通りに面する場所で、危険という臭いを全く感じさせなかったのでその路地のおやじさんの所へ行くと、怪しげな写真集を何冊か見せた。我々は苦笑しながら慇懃に断った。どこにもこんな商売があるものだ。艶消しの緑色の缶詰がいくつか並んでいる。この艶を消したモスグリーンは戦争と直結している。軽い戦慄を覚えながらも缶蓋を覗き込むと、そこには英文字で「牛肉」とか「豆」と記してあった。兵士の保存食であろう。米軍の払い下げなのか、横流しなのか、その出所は分からないが、こんなものまでもが街頭で売られている。直径十センチ、厚さ五ミリ程の銀紙で包まれた円形でコインを大きくしたようなものが十枚ほど缶詰の隅に置かれてあった。これには何も文字が見当たらず、銀紙が光をきらきら反射している。「これは何か」と尋ねると、「チョコレート」という音を聞き取ることができた。私はさっきの怪しげな写真に実は食指を引かれたが、羞恥心と自尊心が邪魔をしてただただおやじの見せる本の前で苦笑するしかなかった。今度は何の躊躇もなく「いくら」という言葉を発していた。それは決して高い買い物ではなかったが、それを四枚手に取ると、一枚を半分の値段で交渉に入った。即座に「OK」という返事が返ってきたことには拍子抜けしたが、本当はもっともっと安価なのであろう。銀紙を剥がすと、高い気温の影響で半分溶けかかっていたが、中身はピーナッツチョコレートで、なかなかの味だった。それを半分づつみんなで分けて賞味した。登山の時、非常食としてチョコレートを持って行くというが、最前線で銃を構えた兵士が甘いチョコレートに舌鼓を打つ情景を思い浮かべると、不謹慎ではあるが滑稽である。

スモークガラスで店の全面を覆った真新しく、いかにも清潔感溢れる喫茶店が目を引いた。

「コーヒーでも飲もうか」

と古川さんがみんなを誘った。

藤木さんは自分の左手の腕時計に目をやりながら、一瞬、間を置き

「そうだな、一休みしよう」

とその洒落た店に入った。そこは都会のコンクリート塊で増幅したぎらつく太陽の熱気

と排気ガスの混在する不快指数が頂点にも達しようとする場所とは違い、涼感溢れる別天地であった。冷房がこれ程までに爽快感を与えたという体験は初めてであった。我々は当然のようにスモークガラスを通して往来が望める窓際の席を陣取った。店内は誰の曲かは分からないが、聞き覚えのあるバロック調の旋律が上品に流れ、落ち着いた雰囲気を醸成していた。古川さんは

「ヘンデルだな」

と笑みを見せた。髭面で武骨なその風体から発せられた「ヘンデル」という音は、明らかに不釣り合いだ。しかし、彼が以前自分の趣味はクラシックを聴くことであると恥ずかしそうに話したことを思い出した。ヘンデルの流れる中で、我々は何日ぶりであろうか、コーヒーを注文して、その香りと味を楽しんだ。しかし、それは残念ながら旨いと評価できる代物ではなかった。貧乏学生ながら、私は少々コーヒーにはうるさかった。月に一回か二回ではあるものの、専門店でコーヒー豆を購入し、ミルで挽き、それをドリップで落とし楽しむのが数少ない僅かな贅沢だった。東京の喫茶店でもその店構えで旨い店とそうでない店の区別も容易にできた。最も足繁く喫茶店に通うなどということは経済的に許されなかったのではあるが。専門店で買う豆はマンデリンと決めていた。香りはどの豆も大きな差異を官能することはできなかったが、味は相当違いがある。中でもマンデリンの持

つそれはその癖のない中に軽い甘さと苦みをバランス良く合わせ持ち私を惹き付けた。もちろん、価格的にも無理のないことはその魅力の大きな要因であった。ヴェトナムで飲む初めてのコーヒーは、やはりフランスの影響なのであろうか、かなりきつめに焙煎された苦みの強い濃厚な一品であった。正直言って、胃を荒らしそうな、吹き出物に悩まされそうな濃厚さである。所謂、アメリカンタイプは余りに淡泊過ぎて好まないが、度が過ぎるほどに深みのあるそれも私には頂けなかった。強めにローストした後、どのようにいれているのか、皆目見当がつかず、厨房を覗き見したい気分であった。店内には紳士然とした恰幅の良い年老いた男性二人が商談であろうか、落ち着いた様子で話をしている。アメリカ兵であろう、軍服に身を包んだ白人と黒人の兵士数人が談笑している。快適空間からスモークガラスを通して映る通りの往来は、少々セピア色が翳り趣を増している。バイクが頻々と行き交っている。それもスポーツタイプの格好の良いやつではなく、所謂カブと呼ばれる代物だ。のんびりとペダルを漕ぐシクロも時折見掛ける。洒落たテーブル、座り心地の良い椅子、優雅な曲、冷房を効かせた店内から覗くサイゴンの街は、情景錯誤そのものだ。そう意識した瞬間から蒸せ返る暑さを遮断した涼風、この柔らかなソファーが突然、妙に居心地を悪くした。

私は一人寡黙になっていた。古川さんは相変わらず饒舌で、

「今度はレコード屋に行きたいな。かなり安いんじゃないか」

など、音楽の話がぼんやりと私の耳に入っては素通りして行った。

流れる曲はやはり同じヘンデルであったが、水上の音楽にいつしか変わっていた。聴き慣れたその調べは私の固まった精神を昇華させるように、ふんわり宙を舞わせた。

「藤木悪かったな。さっきのおまわりに渡した金はいくらだった。返すよ」

と勇気を振り絞るように言った。

「当たり前じゃないか。二千ドン返せよ。しかしなー、俺に謝るんじゃなくてみんなに謝るのが筋じゃないか、そうだろ」

ときっちり筋を通したい藤木さんらしい言い方だった。かなり落ち着きを取り戻した岡部さんは照れくさそうにみんなに謝罪した。

あのアメリカ制のタバコ売りのおやじさんも何処から仕入れてきたのか怪しいもんだ。やはり一本売りをしていた。米軍の缶詰も、あの怪しげな本も然りだ。危ない橋を渡っているのかも知れないがみんなが何とか生き延びようとあの手この手を駆使して、生活の糧を得ている。先程の警察官の「ありがとう」の一言には唖然としたが、変に恩着せがましく見逃してやったんだぞと善人面されるよりは、ビジネスライクと割り切ったある種の潔さのようなものを感じるようになった。

急に往来がひっそりとした。街行く人々の動きがぴたりと停止している。露天商も手際良く店を畳み始めた。一体何が起きているのであろうか。すると突然滝のようなスコールがやって来た。大粒の雨がアスファルトを叩く。破れた雨樋からばしゃばしゃと音を立てて水が溢れている。見る見るうちに逃げ場を失った水が路面を覆っていく。セピア色で光を遮断したスモークガラスは本物の街の光を我々の目から奪う。道行く人々は雲の動きを素早く察知したのであろう、激しいスコールの襲来前に退散したのである。土砂降りの中、困惑して雨宿りの場所を探す人など皆無である。その対処ぶりは見事という他ない。

突然やって来て、我が物顔で思いっきり大暴れすると何事もなかったかのように去って行ったスコール。再び街が動き出した。我々は憩いの時間を満喫すると店を出た。冷房のたらふく効いた場所から一歩踏み出した瞬間に襲ってくる嫌な熱気とこびりつくような湿気は、今さっきのスコールが一時的にせよすっかり鎮めてくれていた。我々はバスターミナルからビエンフォア行きのバスに乗り、サイゴンの街を後にした。

## （七）矛盾

　サイゴンから戻って何日か経った日の午後だった。昼食を摂ってからいつものように慣例に倣って昼寝をとる。私は横になったが何故か落ち着かず、宿舎を出てぶらぶらすることにした。とは言え、一歩外に出ると容赦なく灼熱の陽射しが降り注ぎ、散策を楽しむなどという代物ではない。それでもたまには畑の植物を見て回るのも良いかと一人で納得してぶらぶらした。やはり植物達は太陽と熱に閉口している。湿度が高いことも悪条件の一つなのであろう、自分の体温上昇を防ぐための手段である蒸散作用も阻害される。

　この暑さの中、例の高原野菜達はどうしているのか、好奇心のおもむくままそこまで足を運んだ。黒い寒冷紗が直射日光を遮ったその下は思いの外、気温は上昇していない。徒長気味で軟弱な印象を受けるが、割合良いじゃないかなどと見入っていると突然、小松さんの切れ長のきつい目が目前に現れた。彼は柱の陰で地面にへばりつくように作業をしていたらしくお互いがその存在に全く気が付かなかったのである。当然のように私は仰天したが、小松さんも私が突然現れたと錯覚したのか、一瞬怯んで後ずさりした動作を見逃す

ことができなかった。しかし、例によって少々横柄な態度で
「お前、何やっとるんや」

と言うと、タバコに火をつけた。私は
「一寸ぶらぶらしているだけです」

と曖昧に答えた。そして遠慮がちに
「あの、ちょっと質問して良いですか」

と彼の顔色を伺うように尋ねた。小松さんの前に立つと、蛇に睨まれた蛙のように、どうにも身動きができなくなってしまう。何も悪いことをしている訳ではないのに、私の僅かな自信が脆くも崩れてしまう。

「そうか、じゃ日陰にでも座って話すか」

と言うと、畑の端に置いてある物置が作る小さな日陰に行き、そこに並んで座った。私も夕バコを取り出し、火をつけ大きく吸い込むと一気に吐き出した。小松さんは一人でかなり作業をしていたらしく、上着の両脇には大きく汗が滲んでいた。首に巻いたタオルで気持ちよさそうに顔を拭った。

「ところで、質問とは何や」

といかにも何でも答えてやるぞという雰囲気だ。彼の一つひとつの動作にどうしても馴

染めない。

「あのー、この野菜栽培なんですが、どうしてこんな施設まで作ってレタスやキャベツの栽培をしているんですか」

「どうもこうもない、ここで栽培可能かどうか試しているんや」

「ここでこのような施設を作って農薬をかなり使ってまでやる必要があるかどうかということです」

「そういう意味か。必要かどうかは難しいな。個人的には俺の農業観とは全く正反対やな。だがな、ここは職業訓練校や。学校やな。だからここだけに適するものをつくるという訳にはいかん。ここで勉強した子ども達が将来何処で、どんな農業をやるかは分からんよな。一つの教材づくりとしてこれをやっているんや。学校という条件がこんな方法を探らんといかん訳だ。そういう意味で言えば必要やな」

「だけど、例えばかなり農薬を使ってますよね。農薬のブーメラン現象ってご存知ですか」

「何やそれ」

「私もちょっと本で読んだだけで、詳しいことは分かりませんが、例えば日本から東南アジアに農薬を輸出したとしますよね。当然それがその国で使われます。散布された農薬は地下水に染み込みますし蒸発して大気中にも拡がります。これはどこで農薬を使おうと一緒ですが、その大気は一体何処へ行くんでしょう。東南アジアで使われた農薬、あるいは今米軍が使っている枯れ葉剤でも良いでしょう、これらは大気中に混じってそれが偏西風に乗って日本に飛んで来るんです。日本から輸出した農薬が大気の流れで再びブーメランのように元の場所にまで戻って来るところにその名の由来があるようです。ブーメランというより、国境を遙かに越えて地球上を巡り巡って行くということになるんじゃないでしょうか。北極での観測においても大気も水からも農薬成分が検出されているんですね。地下水に染み込んだ農薬がやがては海に流出し、それはやがて世界の七つの海を巡るということになるんですかね」

と知識を垂れ流すかのように何故か滑らかに私の舌は動いた。

「そんなこと言うたらな、何処の国であろうと、農薬は使うなと言うことやろ。そりゃ農薬は使わん方がええに決まっとる。俺も有機農業をやってきた男や。しかしやな、そのブーメラン現象ってやつは、所謂近代農業というものを全否定すると言うことか」

「すみません、そういうことではないんです。例えば日本には当然農薬の残留基準があって、もしその基準を越えるような農薬は販売禁止となります。要するに国内には存在しないことになります。この基準は世界共通ではなく、そんな基準さえない国もあるでしょう。仮にある国において使用が禁止されても輸出は可能という事態が発生します。具体的に、例えば日本で製造されたのに日本では使用できない農薬が、ここヴェトナムでどんどん使用されるということが可能です。小松さんが良かれと思ってやっていることが、実は日本においては犯罪になるという可能性もある訳ですから、その辺がちょっと気になるんですが」

「確かに日本では考えられない程の虫の量やからな。それなりに農薬を使ってきたが、そんなことまでは全然気にしなかったな。農薬は今日本で使われているものを持ってきたものだから、その点は大丈夫だとは思うが。でも確かに何とか栽培技術を定着させなあかんということだけに固執していたことは事実や。サイレントスプリングの世界やな」

「正にサイレントスプリングです。『沈黙の春』がただその国や隣接する地域だけじゃなく、海とか大気を通して地球規模の問題になるんではないでしょうか。何もそれは農薬だけの問題に限ったことではなくて。話は変わりますが、先日サイゴンへ行った時も感じたんですが、ものすごい量のバイクが走ってますよね。そのバイクが吐き出す排気ガスがつくるスモッグは相当なものです。やがて戦争が終わり平和になったら、経済は瞬く間に成長するはずです。そうなれば恐らくバイクから四輪になりますよね。更にマイカー時代が到来ということになって車が溢れます。ヴェトナムに限らず所謂、第三世界と呼ばれる国全体に及ぶはずです。このように車の問題一つ取り上げてもこの地球上に車が溢れる訳です。先進国が大気を汚染するから新参者は車になんか乗るなとは言えないですよね。私たちもその利便性を十二分に享受している訳ですから。だからと言って野放しにはできないと思うんですよ。じゃ、どうしたら良いかという問題になるんですが、先進国が、例えば日本は高度経済成長期に環境など蔑ろにしたため公害問題に苦しみましたよね。そういう経験を生かして、工業にしろ農業にしろ、地球規模で捉えた考え方を国内は元より世界に訴え、具体的な取り組み方について研究する必要があると思います。兎に角、あの広い中国大陸とかアフリカ大陸に車が溢れるかと想像すると、勝手な言い分とは分かっていながらぎょっとしますね」

「兎に角ここは学校やからな。農業技術や農業という産業について学ぶ場所や。そういう見地で俺達はやらなあかんし、又そのように期待されとる。新しい技術と不易なものとの融合というものも考えなあかん。そのために今取り組んでいるんや。俺の百姓としての経験はまだまだ拙いもんや。篤農家と言われる農家で色々勉強したけど、基本は安心して美味しく食べることができる食料の生産というものを目指してやってきた。そういう経験から、今言えることは単位面積当たりから穫れる量というものは、そんなに変わらんということや。量と言っても重量のことやないで。カロリーや栄養素、旨味、生産費とかな。そういう面から総合的に見ると、それ程の差はあんまりないんやないか。例えば、窒素をがんがん効かせて大きくしたのは、重量はあっても味は落ちるし、栄養価も落ちるような気がするんや。薬品や化学肥料、化石エネルギーを大量投与すれば収量は多くなるかも知れんが、そういう食料の安全性は大いに疑問やな。そしてもう一つ大きな問題は土そのものが使えなくなってしまうということや。土の持つエネルギーというか力やな、これを収奪する農業というものは、長い目で見ると滅亡するということや。有機農業はもちろんやが、保全型農業とでも言うのか、収奪型から循環型へ移行せなあかんな。それを基本にここでもやっているつもりや。だからそれ程の矛盾はないと思っとる。さっきも言ったけど、新しくて良いものは導入し、古くて一見非効率的と思えるようなものでも良いものは大切にするという新旧の融合をここでは考えんといかん」

いつもの小松さんなら、自分の言った一言一言を区切り、相手が理解したかどうかを確認する。「ええか、これは分かったか」という具合だ。ある種独善的ではあるが、後輩をきちんと指導したいという使命感のようなものも感じ取れる。それが今日はそういう作業をすることなく、話を進めている。そこには、請われてヴェトナムには来たものの、自分のやっていることに少なからず疑問を抱かざるを得ない苦悩と矛盾が伝わってくる。

新旧の融合という言葉には、実践者の苦悩の吐露を感じざるを得なかった。地球上の環境は広大無辺で、人間の小手先の技術ではどうにもならない。大自然の創り出す摂理は未来永劫、安定した創造物であると思っていたら、そんな神話は脆くも崩れ去った。産業革命を契機に産業構造は大きく変化し、その僅か二百年後には、科学ではなく化学という名の下に有機的連動とか、生態の有する連続性が寸断されてしまう。収量増加や害虫、雑草の撲滅だけが先行し、それが与える負の要素はなおざりにされてきた。そこに警鐘を鳴らしても、その音は巨大化するばかりの効率主義に打ち消され、人々の耳に届かなくなってしまっているのではないか。いや、例え聞こえても聞こえぬ振りをしているだけなのかも知れない。

今、正に戦渦の中で農業に取り組んでいる。そして農薬の問題にも直面している。奇遇とでも言おうか、この戦争と農薬には極めて深い関係にあることだ。今世界の至る所で使用されている農薬は戦争の遺物と言っても過言ではない。兵器としての化学物質の研究には十分に投資される。大きな戦争を経るにつれ、その研究は飛躍的に進歩してきた。それの平和利用が農薬である。例えば、有機リン剤のパラチオンは第二次世界大戦においてドイツ軍が兵器としての神経毒ガスから開発されたものと聞いている。もちろん、ヴェトナムの山林地帯に多量に散布された枯れ葉剤も除草剤だ。農薬に限らず様々な科学技術の進展と戦争とは表裏一体の関係にあるという事実は、実に皮肉な事である。人が生きるということは、あるいは生きているということは常にこのような矛盾と対峙しなければならないことなのか。そんな宿命を抱えながら我々は生きているのか。人間らしく生きたい、幸福な人生を送りたいということは、この自己矛盾をいかに最小化していくか、ということに通じる部分もあるような気がしてきた。今の小松さんの話を聴いてそんなことが頭をよぎった。彼が自分の理想とする生き方をここに求めても他者から要求されるものが別に存在する。求められるものを実践しようとするとそこに矛盾が生じる。大志を同じくする者達がその大志を抱いて颯爽と乗り込んではみたものの、大同小異から微妙に齟齬を生み出す。小異がやがては膨大化して行く。自分の意図しないこともやらざるを得ない状況が発生する。しかし、それが決して誤った行為ではなく、むしろ客観的にも高く評価されることであればある程、その苦悩は悶々と自分の中に浸漬して来るのではないだろうか。膨大化して行く小異を何処まで良しとするか。自己矛盾をどこまで是正できるか。その葛藤の結果が新旧の融合という言葉に象徴されているのであろう。

栗山教授は口を酸っぱくして我々に説く言葉がある。

「医薬が人の健康をつくり、農薬が作物の健康をつくり出すような錯覚が今の世の中、支配的である。これは現象にとらわれて本質を忘れたとんでもない誤りである」

この言葉を何度となく、中西さんも小松さんも聞いているはずだ。もちろん、私達の世代も聞いている。我々の仲間は、この言葉を人生訓とも捉えている。

「現象にとらわれず、本質を忘れるな。今日を見失う者に明日はない」と。

物置の作る日陰は、時折ぬめりとした風が通り過ぎて行く。そんな風でもTシャツの袖から脇の下へぶつかると、すっと体感温度を下げ心地良い。当たりはますます暑くなったようだ。小松さんは間断なくタバコに火をつけながら、

「結局、この訓練校が将来ヴェトナムの農業を支える農業人の育成場所としてどういう姿が望ましいかということを考えるとな……科学的な物の見方や考え方も重要や。しかし、基本は安心して食える食料の確保と、末永く農地が農地として連綿と続くことやな」

と結論づけた。

熱射に萎えた作物とは対照的に、私はすっかり良い心持ちになっていた。それは初めて小松さんと臆せず会話ができたという満足感と、やや屈折した優越感が私の心をくすぐっていることを自覚していた。上気した頬にぬめりとした風が絡み付いた。

「雲行きが怪しくなってきたな。そろそろ退散するか」

と小松さんが首尾良く風と雲の流れを読み取って、家の中に入るように促した。私は「はい」と答えたものの、もう少しここでのんびり畑を見ながらぼんやりしていたいという欲求に駆られた。このまま、ここで火照った心を大粒の激しいシャワーにさらせば何かが掴めるような気がしたが、足早に宿舎へ向かう小松さんの後ろ姿を目で追いながら、重

い腰を上げた。

## （八）一日だけのバカンス

毎日続く天地返しは極めて順調であるが、肉体をかなり酷使する。センターの子ども達は時折、我々に近づいてては、不思議そうに眺めている。特に折角掘った穴をどんどん埋めていく作業には、納得が行かぬようである。しかし、我々にはそれを上手く説明できるだけの語学を持ち合わせていないのが残念でならない。出来得れば、分かりやすく蕩々と生きている土について説明したいところである。まだ幼い彼らは、「あの落花生はいつできるの」とか「とうもろこしを早く食べたい」など、食べる話に終始していたが、ここで栽培されている作物を目の当たりにすること、そして収穫された作物を実際に味わうことがまずは職業訓練校としての大きな一歩であるように感じた。

毎日畑で作業する我々の頭上すれすれに飛んで行くヘリコプターの幾つかとはすっかり顔馴染みになり、お互い手を振り、声を掛け合うようにまでになっていた。激しいプロペラ音に負けないように大声を張り上げるのも、激しい作業で萎えそうになる気分を一喝するにはなかなか効果的だ。ドアが取り外された横腹からは、かなり太い機関銃がその銃口を剥き出しにしている。否が応でもその兵器が視線に入ってくる。戦争とは一線も二線も画した我々ではあるが、このヘリコプターが何をしているかぐらいは想像に値しない。機外へ飛び出した銃口が的を絞り、無慈悲に弾丸を発射することを思うと、大声を張り上げ、奮い立たせたはずの自分自身にやり場のなさが走るが、それを打ち消すために、土に向かって自分の肉体を酷使するしかなかった。この作業を開始していつの頃からか、私は腰痛にかなり悩まされるようになった。

我々のウィドウヴィレッジでの調査は行き詰まっていた。幾つかの家庭と親睦を深め、調査を順調に進めることができたのではあるが、調査を深めるに従ってこれからの村の方向性が定まってこない。いや、定まってこないのではなく、我々の予想や期待を裏切る方向へと結論づけざるを得ないのだ。当初は農村調査をイメージしていたが、現実は農村とは縁遠い実態が明確になってくる。しかし、何とかここで換金作物を見つけ出そうとしても余りに狭く、農地と呼べる代物ではない。家庭菜園と呼ぶに相応しい。更に彼ら彼女達の意識の中に農業で生計を立てるなどという発想は微塵もない。他に農地を求めようとしても所詮無理な話だ。しかし、そう結論づけるのは余りに短絡で拙速過ぎるのではないか。もう少しみんなで知恵を出し合い、生活基盤の安定、更に発展のための方策について粘り強く調査、研究を進めようという議論が何回となく行われたものの、内心は報告書のための調査になるような、そんな薄っぺらさをそれぞれが感じているのか、創造的でロマンを追求するような迫力ある議論にならないことに後ろめたさと焦燥感を覚えた。みんなのそんな不安を感じ取って、それを払拭するかのように黒田さんは語気を強めた。

「このセンターを基地として、このヴェトナム隊はこれからも派遣するという前提で、その第一陣として事前準備もそこそこにここに来ている。しかし、同時にインドでの活動ということも視野に入れている。お前ら忘れていないか、インドでも今活動していることを。ここに来ている我々の役割というものをもう一度確認しようじゃないか。まず一番の目的は、このセンターの支援活動だ。活動の拠点となるここが、今後円滑に職業訓練校として運営されるように、その手伝いをすることだよな。これは今まで十分にできていると思うんだ。それでもう一つの目的だが、みんなが何となく不安というか、意欲が削がれているというのか、ウィドウヴィレッジの調査活動だ。これは、たまたまこのセンターに隣接している村ということで、急遽浮上した調査候補地だ。実際にこの目で見なきゃ詳細は分からないということだったよな。兎に角今回は現状を正確にリポートして、問題点を考えることにしようじゃないか」

「我々はこのウィドウヴィレッジを何とかしたいという気持ちが強すぎたんじゃないか。

戦争で夫を亡くし、困窮生活を余儀なくさせられている集団に何とか生きる術を持って欲しいという気持ちがだな。何か感情的なものが先行していたような気がするな」

と古川さんが続いて言った。すると松江が蕩々と演説を開始した。

「古川さんの言うように確かに感情論が先走った感があります。我々の求めるのは基本的には国際協力の在り方ですが、自助努力を如何に推進し生活基盤の底上げを自らの手でするというのが基本理念ですよね。そのためには農村に入り込んで、寝食を共にしながらその生活実態を踏まえ、そこの人々の求めるものを共有し、具体的方策を共に考えていくという姿勢です。それは一朝一夕に解答が出るものではないことは明らかです。黒田さんも言いましたが、インドでも今同じように我々の今後の方策について考えているでしょう。でも現実に我々が今ヴェトナムにいることでヴェトナムでの活動を優先したいという気持ちになるのは仕方のないことかも知れませんが、それはインドでも同じでしょう。より必要な活動場所という観点でやったほうが良いですよね。要するにことの本質を見失うなということになるんではないでしょうか。そういう意味では正に現象面に目を奪われ過ぎた感じがします」

ウィドウヴィレッジの人々の生活は安定しているとは言い難いが、明日の生活に困る程の不安定さはない。国から支給される幾ばくかの現金と住む家もある。大黒柱である夫を戦争で亡くした訳だから国から保障されて当然であるが、その援助に甘んじ、そこに留まっている状況が現前する。それも致し方ない。農業を生活の糧にするという気持ちは全くない。近くに農地を求める手だても、例えその気があったとしても可能性としては極めて低い。松江が言うようにこれらが現象面であろう。この現象面が我々の意図する方向性に濃い霧が進入し前進を妨げ、しかも大きな制動を加えるのである。

世のため人のために成し遂げなければならないという強い気持ちをきっと使命感と呼ぶのであろう。我々の仲間は割とこの使命感という言葉を遣う。その使命感の下、自分の人生を全うすることは、実に美しく、潔く、素晴らしい。しかし、正直なところ、私には世のため人のために生きるという、使命感なるものを持ち合わせていない。それを持つ人々、あるいはそのような表現をする人々に羨望を抱くこともないし、もちろん批判もない。彼らの話しぶりを聞くと、その使命感なるものによって何かをしてやらなければという重荷が覆い被さっているような気がする。重い十字架を背負った聖人のようにも映る。

援助する側とされる側という構図でことが運ぶ嫌いがある。これを否定するものでは無論ない。国と国の援助関係というものは双方に国益があるからこそ成立するものだろう。しかし、我々の求めているのものはそういう構図ではない。恥も外聞もなく表現するならば、共生である。これは決して自己犠牲の下に存在するものではない。しかし、自己犠牲を否定するものでもない。東洋的発想には自己を犠牲にしてまでも他人に奉仕するという考え方もあり、それを実践している人々もいる。そのような人々を尊敬することこそすれ、軽視したりするはずもない。共生と自己犠牲の違いはあるのかと問われれば、それも明快なる解答は知らない。自己犠牲にも自分の意志は厳然と存在するはずだ。しかし、自分自身が犠牲になるということは、誰しもできる業ではない。究極の献身を印象づける。能動的に自己が存在し、能動的に行動するのであるが、そこには生活感が希薄化され、経済活動を営む人の生というものが欠落しているような気がするのである。私の目指すものは、お互いがお互いを補い合い、助け合うという生活方式を基盤とした生き方を模索する中での協力関係を構築し、それぞれが独立した、一個の人間として、あるいは家族としての生活をする中でのお互いの合体である。それこそが正に共生ではないかと考える。そのためには、同じ生活の中で自分自身も生活基盤を確立する必要がある。金があるから、技術があるから、知識があるからでは、民衆というものは認めたりはしない。民衆は同じ土俵の上で

「なるほど、あいつらは大したもんだ」

と実感した時、耳を貸すものだし信頼を得るものだ。同じ生活者としての信頼を得た時から本当の意味での援助、協力活動が始まる。それは共生の下での援助、協力である。要

は援助活動を行おうとする者は、その地で農業という手段を駆使した自立生活をすることが援助の始まりと考える方式である。このような見地から、究極の援助活動とは移住することにあるという結論を見るのである。しかし、移住のみがそれだということではない。世界各国の外国人の受け入れは様々である。そういう限られた条件の中で、そこに適した援助の方法があるし、また時の流れの中、時代の変化で手法は当然変わり得るはずであろう。

移住の目的は色々あろう。外地で一旗揚げたいという野心旺盛な人、祖国を追われるように外国に住処を求めた人、日本でちまちました農業をするより大規模な大農場を夢見る人、その国のために自分自身を生かしたい人など目的はどうであろうと、その地で農業を営むということは、他人のためではなく自分が生きて行くために必死で働き、必死になって生活する。それがやがてはその地の農業を発展させるということになる。他人のために何とかしてやろうなどという気持ちは微塵もなくとも、結果的に多くの人々、その地域に利益をもたらすことになる。農業で生きるとはどういうことか。自分一人だけで、あるいはその家族だけで農業を営むということは果たして可能であろうか。答えはノーと言わざるを得ない。耕地の繋がり方、取水の方法、農繁期や農閑期という言葉に代表されるように作業期の特異性など数え上げればきりがない程、他者との関わり合いの中で農業は行われる。このような関わり合いを経て生産された収穫物に至っては、更に新たなる他者との関わり合いが重要になってくる。このように考えると、自給自足で、たった一人で生きるなんてことは至難の業である。人間は一人では生きていくことができない。多くの人々に助けられて、あるいは支援しながら生きている。その年の天気にはみんなで一喜一憂する。知識や技術を交換する中で、知恵を出し合う。正にみんなで創造していく社会が形成される。このような中でお互いの関係がますます深化していく。そういう社会を共生と呼ぶに相応しい。

しかし、これが未来永劫連綿と続くとは考えないし、それを望むべくもない。お互いの技術が、知識が高まり、経営能力が向上して行けば、このすばらしい共生社会を脱皮することになるであろう。個々の経営方式に応じた農業へと変化して行くことはやむを得ない。それは当事者の選択に委ねるしかなく、何人も拘束することはできない。それを自助努力の帰結と呼ぶに相応しい。

自助努力型を基本とした共生社会から脱皮し、自立すると言うことは、共生社会に別れを告げることではない。村全体で取り組んで来た共同体から更に飛躍した社会に発展して行くことであろう。その行き先は、その国や地域によって形態は当然異なるはずだ。

私の脳裡ではこんなことがぐるぐると巡り、みんなが消沈し、半ば諦観とも言える言葉の端々に疑問符を打たざるを得ない衝動に駆られた。

「我々は与えられた条件の中で最大限の努力をするということが必要ではないでしょうか。例えばインドのある地方で稲作指導に当たっていた専門家の話を聴いたんですが、彼が実際に田圃に入り現地の人々を指導しようとすると、全く相手にされなかった。びっくりしてその原因を調べると、あそこは身分制度が厳しく、偉い人は汚れるような仕事をしないと言うことだったんです。田圃に入るような奴は指導者じゃないという考え方なんですね。綺麗な服を着て、あれこれ指示をするのが偉い指導者という価値観なんです。それを払拭するのにかなり労力を費やしたという話でした。だからここウィドウヴィレッジの人達も農業のことを本当に考えていないのかどうか分からないですよ。あるいは農業について無知なのかも知れませんし。我々の語学力を持ってすれば、会話もままならない。熱帯農業の知識も技術も正直言っておぼつかない。こんな条件で一体何が出来るんでしょう。今我々に出来ることは何か。それは村の人達と出来る限り交流して、彼らの考えていること、出来るなら何をしたいのか、何を望んでいるのか。彼らの考えや生活の実態を出来るだけ正確に把握することじゃないでしょうか。私達の一番の能力は諦めない粘り強さと体力だと思います。この二つの能力をとことん使って、足繁く村に通うことでもっと違った何かが見えて来るのではないでしょうか。そのためには、まず我々のことも相手に理解して貰うことと同時に相手を理解することが大切だと思います」

こうは言ったものの、何ら展望を見出せないでいる自分を恥じた。

しかし、私にとってのウィドウヴィレッジ訪問は、胸躍る時間の連続であった。拙い現地語ではあるが、村の人々や子ども達と交わす会話は新鮮で、新しい発見の毎日だ。それは、未知なるものの発見と同時に外側から見た新たな日本や自分自身の発見でもあった。兎に角楽しいのだ。調査と言うより遊びに出掛ける感覚の方が強い。「お前は国際協力という大命題の意識が希薄だ」という鋭い指摘を受けるならば、論難できない自己を認識せざるを得ない。学生という身分に甘えている自分自身を意識しているのも事実である。しかし、学生という立場だからこそ可能な方策を模索することも重要であろう。天地返しがゆっくりと自然界の循環を取り戻すように、小さな一歩でも良い。即効性でなくても良い。その地の人々が、自分自身が生きる張り合いを感じ、明日へのロマンの発露となる。そんなことを期待して止まない。自己を肯定したり、否定したり、困惑したり、あれやこれや思考しながら、ロマンの発露という言葉に辿り着いた時、私の思考回路は収束した。現状を丁寧に調査すること、村人との触れ合いを大切にすることが如何に意義深いことであるかを確認した。みんなの心を覆ったまるで熱帯の湿り気を十分に含んだ大気のようなぬめりとした不快な重みはどうやら頬を撫でる微風と共に流れ去ったようだ。

その後、センターでの活動も村の調査も順調に進行した。いつものように午前中のメニューである天地返しを黙々とやっていた。作業の進捗はことの他速く、残す面積も僅かと迫り、最後の追い込みに余念のない我々は自然と寡黙になった。時折聞こえるヘリコプターのプロペラ音を除けば、鋭利なスコップの先が地中に食い込むサクッという小気味良い音が鼓膜を連続的に刺激した。

「お前達、インドシナ半島から眺める太平洋も悪くないやろ。今度の日曜日は海へ行くぞ」

と突然背後から大きな声がした。いつもの険しい切れ長の目は何処へやら、にやにやしながら小松さんが声を掛けてきた。黒田さんが

「それじゃ一休みとするか」

と言いながら続けた。

「海へ何しに行くんですか」

と尋ねると、

「言うたやろ。海を見に行くんや。ここからそう時間はかからへんで。車で一時間というところやろ。南へどんどん下って、ブンタウという街からすぐの海岸や。海水浴客なんぞ全然おらん、綺麗で静かな海岸や」

「海パンなんか持ってませんが泳ぐんですか」

と松江が聞くと、

「泳ぎたい奴は泳げばいいじゃないか。海パンなんかどうでもええやろ。ひとっこ一人おらんとこや。何でもありや。貴重な夏休みと思ってのんびりするがええ。それはそうと、天地返しは意外に速う進んどるな。センターの給食のおばちゃんも言うとったぞ。残飯の処理が助かるとな、お前らもたまには人の役に立つんや」

と笑いながら話題を変えた。

海か。この激しい戦いの最中にのんびり海水浴を楽しむなんて気には毛頭なるはずもない。しかし、海という言葉の響きには独特な魅力を感じる。特に私にとっての海というものは憧憬と同時に恐怖心を想起させる。初めて私の眼前に広漠たる海原が覆い尽くしたのはいつ頃だったであろうか。海とは無縁の山間部で育った私の海との初対面は、小学校の高学年位だったと記憶している。あれは確か知多半島のある海辺で、潮干狩りに行った時だった。砂浜から拡がる太平洋は、広角レンズから覗いた風景そのもので、視界の遙か先にぼんやり浮かぶ海原の切れ目は湾曲し水平線と交差し、それは地球の曲面を実感させるには十分だった。平面の地図帳上での理解と実体験とのずれに躊躇したことをはっきり記憶している。砂浜を熊手で引っかくと、あさりが次々と飛び出して来ることにも驚愕と同時に小躍りしたくなるような歓喜が充満し、夢中になった。すると突然大きな波が中腰になった体を背後から叩くや、返す波は砂浜から飛び出したあさりを海の中へ引っ張り込んで行く。寄せる波が与えた小さな衝撃の後、返す波の引っ張り込もうとする大きな力を見せつけられた時、波の叩く物理的衝撃は小さかったものの、返す波の大きさに私の海への恐怖感は波紋が拡がるように大きな衝撃へと変貌した。自然界の持つ巨大な力に畏敬の念を認識したように記憶している。

我々はヴェトナムから太平洋を臨んだ。太平洋というより南シナ海と表現した方が適切であろう。穏やかな日和だ。潮風の持つ独特な香りが嗅覚をくすぐると同時に遙か遠い昔日、もう忘却の彼方に置き忘れた生命の源のような懐かしさが心の奥底を柔らかに刺激する。藍色の穏やかな海原が遙か彼方へ拡がる。陽光が不規則に乱反射する幾多の光線の筋が目に眩しい。時折遠くで白波が遊ぶ程度で、海辺の風景は束の間の休息を呈しているようだ。岸壁には古ぼけた木造船が数隻浮かんでいる。海面の動きに合わせた船体がゆっくり揺れると僅かにそれらの軋む音が耳に入って来る。

我々は砂浜に腰を下ろした。私はもうすっかり馴染んだヴェトナム製の紙巻きタバコをくゆらせながら、北東の遙か彼方を臨み、日本という国を意識した。その瞬間、故郷の両親の顔が映った。全く予期しなかった脳裡でのその映像に、何故か困惑し羞恥心を誘った。この意識を打ち消す理由もなく、自分自身を海に向かって開放した。「よくもまあ、こんな戦渦へ息子が出掛けて行くことを許したもんだ。親の勇気か、それとも無知故に成せる業なのか」などと敢えて悪態をついたものの、今ここにいる自分、いやいさせて貰っている現実に感謝せずにはいられなかった。戦争を経験している両親にとってみれば、それこそ清水の舞台から飛び降りる程の決断を強いられたはずだ。しかし、放蕩息子を目の前にして黙認するしかなかったのであろう。当の放蕩息子は今ここにいる自分に次々と降りかかって来る新しい出来事に夢中で、息子の無事を祈り、不安な日々を送り、元気で帰国すること、ただそれだけを一日千秋の思いで待っているであろう両親の存在など全く意識することもなかった私にこの海がその存在を想起させた。私に何の制御も与えることなく、意のままに行動することを許すその存在は感謝の念と同時に逆に沈黙の圧力となり、ある種の恐怖感を抱かせる。たった今、私の深層部への突然の到来は、少年期の海への恐怖感や畏敬の念が両親への思いと重なったものなのかも知れない。私は独り言を誰にも聞かれぬように呟いた。「今日、センターへ戻ったら、故郷の両親に手紙を書こう」と。

「真東はフィリピンだよな」

「すると日本はこっちの方角だな」

「これだけ見通しがいいのに、見えるのは海だけだな、ボルネオ位見えてもいいのに」

「千キロ以上離れているんだからそれは無理な話でしょう」

などとのんびり海を眺めながら話しをしていると、背後から

「よし、これから海へ出るぞ」

と小松さんの声がした。

「あそこにあるあの漁船だ。近くの小島まで船を出して貰うよう手配したからな。あの船だ。坊主がいるだろ」

と先程から波の穏やかな動きに身を任せ、船体の軋む音を僅かに響かせていた数隻の船の方向を指差した。確かに少年と思しき人物が船を背にこちらを窺っているように見える。

「たまには贅沢しても罰は当たらんやろ。さあ出帆だ」

と威勢の良い言葉に刺激され、みんなは乱反射する海面のように目を輝かせ、一斉に早足で船の係留場へ急いだ。

まだ小学生のような少年が我々を笑顔で迎えて船に乗るように手招きした。みんなは彼に「チャオン」と口々に声を掛けながら、まるで身軽さを誇示するかのようにしなやかな跳躍力で船に飛び移った。小松さんはみんなが乗り込んだことを確認するかのように最後にゆっくりと船に乗り込んで来た。ところが、船が小さいせいか、人が乗り込む度にその船体は大きく傾き、不安定になるので恐る恐る移ろうとする姿はへっぴり腰で、その不器用さにみんなは苦笑した。きっと子どもの頃はガキ大将のくせして運動音痴だったんだろうなと瞬間的に思った。

少年に向かって「さあ、出せ」とでも言ったのであろう。小松さんの声に合わせ、彼は船の後部に取り付けてあるエンジンの操作を開始した。

「ちょっと待って下さい。この子が運転するんですか」

と松江が神経質そうに眉をしかめて小松さんに訴えるように言った。

「その通りや」

「未だ子どもじゃないですか。大丈夫ですか」

「当たり前や、こいつは立派な漁師やで。お前らみたいに親のすねをかじってる奴らとは訳が違うで。大したもんや。前にも日本から客が来た時、こいつに頼んだんや。心配するな」

と我々に辛口な表現をしたものの、その顔には笑みが溢れていた。

船はエンジン音を高く響かせながらゆっくり沖へ向かって行く。地図の上では針の点程にすら満たない僅かな突端を抜けると、見晴るかす全てが大海原に包まれていたのに、その出っ張り部分が隠していた小さな島が幾つか視界に入って来た。

「小島まで行くぞ」

という小松さんの言葉に奇怪さを覚えたが、船に乗るという行為そのものが私の期待を大きく増幅させ小島云々の件は何となく溶暗して行ったが、船はその小島目指して岬の先端から大きく迂回した。木造の年期の入った船は、操縦室など特別なものは全くなく、丸木船のような単純な造りで、ただ後部に日本製のエンジンとスクリュー、舵取りを付けただけの代物である。所謂、船外機というやつだ。少年は外国のお客さん相手に特に愛想を振りまくということもなく、手慣れた素振りで船を操るという行為に集中している様子である。小島が近づくと減速し、その手前で船は止まった。

小振りな島はその周りを普通の人の泳力を持ってすれば泳いで一周できそうな大きさで、岩肌がごつごつ剥き出ている。接岸できる場所はないが、いつも止める場所が決まっているのか、船が止まっている正面には岩場の間から僅かであるが白い砂地が見えている。

「あの島に行きたい奴はこっから飛び込んで行って来い。蟹や貝がぎょうさんおるで」

と小松さんが言った。古川さんは

「また、冗談言わないで下さいよ」

と言うと、

「冗談やないで。こんな岩ばっかの所に船は着けられへんで。別に行きたくない奴は行かんでもええのや」

と相好を崩した。それを見た黒田さんは

「つべこべ言わんとみんな飛び込んであの島へ行くんや。分かったな、このど阿呆」

と小松さんの口真似をすると同時に服を脱ぎ始めた。誰もいない島へ足を踏み入れるということにとてつもなく大きな魅力を感じるのはもっともだ。しかし、我々の他に誰一人としていないことが明確ではあるが、流石に全裸になることだけは躊躇したのか、あるいはあの少年に遠慮したのか、下着一枚になると

「俺が先遣隊として安全を確認してやる」

と言いながら、藍色に染まった海へ飛び込んだ。その刺激が、羞恥心やかすかな恐怖心を払拭し、それが好奇心いや冒険心と言えよう、そんな気持ちを持ち上げた。ためらっていると何処かへ行ってしまうはずもない島を目前に、我先にと身に付けていた衣服を乱暴に剥ぎ取り、島目掛けて勢い良く藍色の世界へ飛び込んで行った。小松さんはその様子に目を細め、タバコをくゆらしていた。

島は岩肌がごつごつ剥き出している。みんなはそれに注意を払いながらも得意げに上陸して行く。そこは島と言うより岩の塊とでも言った方が適切であろう。植物らしきものは自生している様子もなく、満潮にでもなればその姿を消してしまうのではないかと思われる程の岩山だ。それでも所々に砂地があり、海に埋没してしまうという現象を否定している。砂地に腰を下ろし四方の海に目をやると、誰にも邪魔されず、別天地での海水浴気分を謳歌できる。岩場の間には海水が溜まり、何処からやって来たのか、熱帯特有の極彩色

の小魚達が遊んでいる。我々の影を察知するや、俊敏な反応を見せてくれる。面白いもので、この小魚達は外敵から身を守る術として、分散を選択するのではなく、リーダーと思しき一匹が反応する方向へ瞬時に従うのである。数えられない程の無数の生命体が、集合体として一つの集団を瞬時に形成する術には、何故か共感を覚える。集団で生活をしている生物には、本能的に集団の中の個、あるいは個としての集団というそんな場意識というものが存在するという話を以前何かの本で読んだような、そんな記憶が甦った。私はその集合体から少し距離をおいて、安心させては、突然刺激を与えてはを何度か繰り返し、彼らの芸術的とも表現できる反応を意地悪く楽しんだ。

海の中へどぼんと浸かり、熱帯の海中深い景色を堪能できたら、それは戦場で繰り広げられる惨たらしい情景とは正に反比例する超自然的世界なのであろう。竜宮城の世界とも映るようなそんなことを想像する。いやいや、今現在この手つかずの自然の中でのんびりと海や風を満喫できることが至福の喜びというものだ。これ以上何を求めるというのか。

「この貝は何だろう」

と松江の声がした。

「どれどれ」

と黒田さんが腰を上げ松江の近くに寄って行くと、

「こいつは驚いたな、牡蠣だぞ」

とぼそぼそと呟いた。

「牡蠣」

という言葉を聞くや、みんな一斉にそこへ集まって来た。今は干潮時のようだ。さっきまで海に浸かっていたのであろう、海水が染み込んだ跡がはっきりと分かる岩肌にはしっかりと張り付いた無数の牡蠣がまるで前衛的な芸術家が彫刻でも彫り込んだように、そんな幻想的とも言える作品となって天に向かっている。その一つ一つは我々の知っている牡蠣殻より数段小さく、成る程、黒田さんが「牡蠣だ」と言わなければ直ぐにはそれと理解できないものだ。黒田さんはそれを小石でカチカチ割って、殻から中身を摘み出すと、海水で汚れを落としてから口に入れた。

「なかなかいけるぞ」

と言うなり、今度は足元に転がっていた大きな石を手に取ると、勢い良く牡蠣の造った建造物のような塊を叩き落とした。そしてその塊を松江に手渡した。松江はそれを神妙な手つきで岩にコンコン叩きつけ、幾つかに分けてみんなに分けてくれた。私は牡蠣が数個重なっているその一塊を小石でコツコツ割りながら、中身を取り出し口に入れた。その身はとても小さく、一つ一つ取り出すのはとても面倒ではあるが、口の中で潮の香りが大きく拡がり、牡蠣特有のぬるりとした食感が旨味を更に引き出してくれる。メコンも豊かだがそのメコンが注ぎ込む南シナ海もきっと自然の恵みがたらふく詰まっているのであろう。日本人がこの辺りで海老を乱獲しているという噂を聞いているが、それを享受している我が身を思えば、複雑な心境である。しかし、身勝手ではあるがこの美しい大自然が、この豊かな大海原が未来永劫不変の地であり続けて欲しいと単純に願った。

藤木さんが船に向かって、

「小松さん、牡蠣ですよ。牡蠣」

と大声を張り上げた。しかし、名前を連呼された当の本人は船を漕ぐどころか、紫外線をたっぷり含んだおひさまを独り占めするかのように、大の字になってぐーぐー高いびきの真っ最中だ。

「大原、少し持って行ってやれよ」

と何気なく心配りができるところは流石で、心憎い。大原は、

「松江、ちょっと牡蠣を剥がしてくれ」

と頼むと、松江は直ぐさま、

「はいっ、一丁上がり」

と冗談混じりの掛け声と共に、剥がした牡蠣を手渡した。一塊の牡蠣を受け取った大原

は、右手に牡蠣を抱えるようにして、泳ぎ難そうに左手で波をかきながらゆっくり船に向かった。大原が何を言っているかここからでは聞き取ることができないが、しばらくして小松さんが起き上がり、言葉を交わしながら牡蠣を食べている姿がぼんやりとではあるが見えた。

我々は深い海が吸い取った体温を岩場の上の方で寝そべっては取り戻し、また海に潜ったりを繰り返した。

「あの小僧、牡蠣を見るなり、小さ過ぎるなんて、人を小馬鹿にしたような態度だったな。もっとでっかくて食べでのある牡蠣を食ってるんだろうな。何てたって漁師だもんな」

と大原が船から戻って来るなり言った。黒田さんは

「小松さんはそれでも美味そうに食べてじゃないか」

と言うと、

「食い難いけど美味いもんやな」

なんて言いながら食べてましたよ。

「小松さんがもうぼちぼち帰るから、みんな戻って来るように言ってましたよ」

と付け加えた。

「それじゃそろそろ船に戻るとするか」

という黒田さんの合図で、十分に堪能した手つかずの無人島に別れを告げると、係留から放たれ、のんびり佇む船目指して泳ぐというより、穏やかな大海の浮遊物となったように、海に身を任せながらゆっくりと海水を掻きながら進んだ。小松さんはまるで酒でも飲んだように赤い顔をして我々を迎えてくれた。先刻の高いびきの間に日焼けしたらしい。毎日畑で溢れる程の陽を浴びて、十分に日焼けしているにも関わらず、こんな僅かな間に赤くなるとは、やはり海の陽射しは紫外線をいっぱい含んだ別物らしい。船を操っている漁師の少年は相変わらず寡黙で、何か尋ねると短い単語で答えてくれるだけであるが、返ってそれが好意的ともとれる雰囲気を漂わせる。無口で若干気の弱そうな、それでいて神経質そうな要素はなく、むしろのんびりとしたその少年からは、未だに荒れる大海に船首を掲げ、魚達と格闘を繰り広げる漁師像とは重なってこない。漁師とはパンチパーマで気が荒いという自分勝手な固定観念を引きずっているからかも知れない。見晴るかす南の大海原、手つかずの自然、純朴な少年、何をするでもなく船上で束の間の一時を楽しむ小松さん、これらが相まって、我々は浩然の気を養うことが出来た。

## （九）解放戦線兵士との遭遇

渡越前この目でしかと見たいものは幾つかあったが、中部高原地帯のバオロックにある中西さんの活動場所の養蚕指導所はその中でも国際協力を学ぶ我々にとって貴重な地域である。サイゴンで中西さんに会ってから、所謂開拓者然とした風貌、仕草とは縁遠い彼の一体何処にそんなエネルギーが潜んでいるのか、何がその実行力を推進しているのか、そんな隠された秘密を暴いてやりたいという欲求が沸々と湧いてきた。渡越前以上にその地を訪れる期待は大きく膨らんでいた。単身、戦渦のヴェトナムへ乗り込み、正に零からの出発は、ついには政府間の国際協力にまで発展した。その現場や村の人々を生で見たいという気持ちの高揚はここで一気に頂点に達した。バオロックまでの道のりはかなり危険を伴うと聞かされても、実感としてそれを受け止めることがなかなかできない。現実に中西さんは頻繁にサイゴン、バオロック間を行き来しているじゃないか。そんな生き証人を目の前にして、危険という観念は現実問題として捉えることができないし、第一「行きたくてしょうがない」という欲求だけが先行しているのである。

とうとうその日が到来した。我々学生は藤木さん、大原を含め総勢七名。これではいくら定員のないヴェトナムと言えども、一台の車に寿司詰めされ三時間も四時間も揺られて行くのは酷な話である。そこで、たまたまヴェトナム政府の関係者が養蚕指導所を視察する日を待っていたところ、上手くその日程が折り合ったということで、その人の運転する車と中西さんの車二台でバオロックに向かうことになった。未だ陽が天頂に来るまでには十分、間がある時間に二台の日本車が乾いた土煙を巻き上げ、センターに入って来た。

我々は珍しく朝食もそこそこにこのお迎えを今や遅しと待ちわびていた。まるで小学生が楽しみにしている遠足を思うと、興奮の余り、なかなか寝付けないような、そんな童心の心持ちだ。宿舎から外に出て、センターの出入り口の方向を眺めては部屋に戻るという動作を誰彼なく、繰り返した。もうとうの昔に出発準備は万端、整っている。二泊するために必要な衣類を小さなバッグに押し込んだだけという軽装だ。その二台の車とそれの放つ砂埃を確認するや、バーサウに「さよなら」の声をかけるや、みんな一斉に小松宅へ飛び跳ねるように向かった。

彼の名前はリュン。日本で言うならば、農水省の役人で、中西さんの理解者であり、支援者でもあるという。アイボリーのサファリシャツにサングラスという出立ちは、新聞やテレビで見るその国の要人たちそのものであり、失礼とは思いつつも腐敗や搾取という印象が無条件反射的に頭の中を錯綜する。それを悟られまいと慌てて払拭する間に掌に冷や汗が滲んだ。何か自分がこそこそと悪事でも働いている気分だ。サイゴンで経験した警察官の袖の下行為が強烈に脳裏に焼き付き、不信感を倍加させているんだと自分自身を慰めた。リュンさんは何かとても急いでいる様子で、挨拶もそこそこにその二台の乗用車に乗り込むよう促し、中西さんや小松さんと二言三言交わすと、乱暴に車を発進させた。センターから国道に抜けるまでは、未舗装で凹凸の激しい道のため、乱暴運転はさすがに影を潜めた。慎重にハンドルを切りながら、スコールで流された穴やこぶを避け、前方をゆっくりと走っている。私は幸か不幸か中西さんの車に乗り込み、リュンさんの車を追走する形になった。

実は、中西さんの運転免許取得の経緯を知ってしまった私はとても彼の運転技術と知識を信頼できないでいた。このヴェトナムにおいて運転を余儀なくされた彼は、いやいや免許を取得したのである。日本も戦後間もない頃はそうであったように、所謂公認の自動車教習所がいくつもあるわけではない。そんな中、彼は実地訓練もそこそこに試験場に出掛けたらしい。やれ縦列駐車だの坂道発進だのと細かな技術を要求されることもなく、コースを一回りしてくれれば良かったらしいが、現地の友人の入れ知恵で車に乗った瞬間、試験官に例のものを握らせたらしい。その甲斐あって実地は一発で合格。問題は筆記試験である。当然試験はヴェトナム語で記してある。かなり会話は会得していたのであるが、文字となると話は別だ。またまた袖の下攻撃が始まる。それを連発して、どうにか合格にこぎつけたという。こうなると金を無心する警察官が悪という判断を即座に下すというのも気が引ける。収賄というものはどっちが悪いのか、そんなことをここで議論してもあまり意味のないもので、その意味が真面目に考えられる社会情勢にすることこそが先決であろう。そんな事情から、この疾走する箱の中で生命を彼に託すという現実はとても不安ではあったが、やはり未だ見ぬ理想郷への好奇心は絶対であった。運転というものは習うより慣れろというのだろうか、悪路を何回となく経験済みのその運転技術は、予想を遙かに上回るもので、でこぼこ道を慣れたハンドルさばきで、難なく乗りこなし、その悪路を左折して国道に入るや否や、まるで高速道路を疾駆するように重量感のある生暖かい風を切り裂きながら北へ北へと向かった。窓に飛び込んでくる風圧と風音が少なからず恐怖感を誘う。有事には戦闘機が離着陸できそうな舗装された真っ直ぐな道の先一面には、容赦なく照りつける日差しの輻射熱で陽炎が広がり、焦点の調節機能を失ったレンズを通過した景色が続く。

「リュンさん、えらく飛ばしているだろ。中部高原地帯は遅れるとやばいんだよ。特に政府の役人にはな。道路の管理も時間帯によって、政府軍と解放戦線に分かれているんだ。この時間なら全く問題ないけどな」

質量のある鈍い風音が邪魔をして中西さんの言っていることがはっきりとは伝わってこない。

「ある時間を過ぎれば、解放戦線の管轄となって政府軍も撤収するわけだ。そんな場所を走るわけにはいかんということだ。我々ももちろん危険だが、リュンさんにとってはまさに自殺行為ということになる。要するに敵陣に丸腰で突っ込むみたいなもんだな」

中西さんの運転技術にも信頼感らしきものが芽生え、ぼんやり陽炎の彼方に浮かぶ風景を楽しむまでの心地を得たというのに、再び恐怖がよぎった。

車は金属の軋む音とともにガクンと速度を落とした。無機的な平地の連続から一変し、車窓の両側には木々が迫り道幅が狭まった。視界に迫る見たこともない肉厚の葉をつけた木々は、熱帯のジャングルの雰囲気を醸し出している。溢れる緑の効用なのか、車内に流れ込んでくる風は清涼が香り、明らかに温度が低下したことを実感する。舗装された道路の所々は、大型トラックか、キャタピラの戦車なのかは分からないが、大きな負荷を受けてグニャリと湾曲している。その窪みを避けるように、車はゆっくり前進する。中西さんのハンドル操作も忙しくなった。緩やかな坂を登り始めいよいよ高原地帯へ向かっているという実感とともに、車窓の両側を塞がれた閉塞感は先ほどの解放戦線云々という恐怖を加速させた。車の速度が落ちたため、車内の会話もすんなり通るようになった。しかし、寡黙がちになっていた我々には容赦なく飛び込んでくる風とそれらの擦れる音が会話を邪魔してくれていた方がむしろありがたかった。

我々の両側に広がるジャングルの中は一体どうなっているのか。地を這うようにうずくまり、息を潜めた兵士達が敵に銃口の照準を合わせているのか。我々に向かって突然弾でも飛んで来やしないのか、そんな不安と緊張感が襲ってくる。

「やってるぞ」という中西さんの声が耳に入った。前方に目をやると、二股に分かれた道路の一方を兵隊が数名封鎖している。前方を行くリュンさんは車を停めるや、飛び出すと小走りで兵隊達に近づき、早口で何やら話をしている。中西さんもリュンさんの後に続いた。不穏な雰囲気の中、我々はただただ見守るしかなかった。すると封鎖されている道路の方角から、パンパンという小銃の発砲音が聞こえてきた。私は極度の緊張感に襲われた。ヴェトナム初日の深夜に経験した轟音による恐怖とはまた異なるものである。今は真っ昼間で鬱蒼としたジャングルとはいえ視界も効く。しかし、現実に起こっている発砲が果たしてどのくらいの距離なのか、見当がつかないけれども、パンパンという音は目と鼻の先の距離でもあるような、そんな気もする。今にも目前に保護色に身を包んだ兵士達が現れそうで、その現実感が差し迫っている。恐らく私と同じようにみんなも体が強ばって身動き一つできず、言葉も発することができないようだ。中西さんもその音を聞くと、小さな体をもっと縮ませ、身を伏せるように小走りで車に戻ってきた。

「しばらくここで待てと言ってるな。小休止だ、中部に来ればこんなことはしょっちゅうあることだから心配するな。お前ら真っ青じゃないか」

と含み笑いをみせながら、緊張の頂点にでも達しそうな我々に少量の安堵感を与えてくれた。兵隊達は特別慌てる風でもなく、立ち話をしている様子を確認すると、これもまた安心材料となった。しかし、再び発砲音が続くと緊張感が走り、喉の渇きを覚えた。道路を封鎖していた兵隊が我々に向かって大きな声で何か言っている。通っていいぞということがその手招きから容易に判断できる。

「ほんの僅かな道草だ。予定どおりの時間だから心配するな」

と言いながら中西さんはゆっくり車を発進させた。封鎖の場所を通り抜けると山道が続き、どんどん標高が上がっていくことが分かる。それはまず窓に飛び込んでくる風が少しずつ冷気を運ぶようになり、中学校の理科で教わった高さ何メートルにつき何度温度が下がるなんていう話を実感していたからだ。その山道を車は心地よい風を車内に引き込みながら順調に登っていき、車窓の風景も平地とは明らかな違いを見せ始めた。しょっちゅうあるぞと脅された銃撃戦も先ほどの一回きりで、大きなトラブルもなく、いよいよ中部高原地帯の入り口に到達した模様だ。山を登り切ったのであろう、なだらかな道が続き、茅葺きの民家が所々に点在している。中西さんはゆっくりと減速しながら、その民家の前に車を寄せ停車した。

「ちょっと疲れたな、お茶でも飲むか」

と言いながら車から降りると、勝手知ったる家なのか、その家の前にある腰掛けに車内で縮めていた手足を大きく伸ばして腰掛けると、ゆっくり煙草に火をつけた。リュンさんの車は、例の戦闘に遭遇した地点から我々の車を追走する格好になっていたので、やや遅れて中西号の横に駐車した。すると家の中から中年の男性が出てきて中西さんと何やら話している。中西さんが指折り何か数えていたが、そのおやじは家の中に入っていった。そこには古びた椅子がいくつもあり、いかにも日曜大工でおやじさんが作ったぞというできばいのテーブルがあった。風雨にさらされっぱなしのためだろう、全てが朽ちていた。

「知り合いの家なのか」と松江が小声で呟くと、

「これでも喫茶店だぞ」

と笑みを浮かべて大原が答えた。

「しかもフランス風でなかなか洒落てるんだな、これが」

と付け足した。指折り数えていたのは我々の頭数だったことが分かった。フランスのカフェのように瀟洒な店の前で往来の人々を眺めながらコーヒーを楽しむってのもいいが、如何せん、おひさまが強烈すぎる。もちろん、往来の人々など皆無だ。焼け付く直射日光を避け、店内らしき中を覗き込むと、確かにテーブルが幾つか並んでいる。煙草を乱暴に足下に投げ捨てると同時にすくっと立ち上がるや

「さすがにちょっと疲れた。中で一服しよう」

と中西さんは店内へみんなを誘った。薄暗くひんやりとした店内はさしづめ、冷暗室という雰囲気だ。暗がりに目が慣れてくると、何の飾りもなく、商売っ気もないが、むき出した床の土は涼感と柔らかな触感を呼び、なかなか快適な空間を造りだしている。いかにも魔法瓶と呼ぶに相応しいポットとアルミ製の可愛いドリップが白っぽいデミタスカップの上にちょこんと乗ってテーブルに並べられた。

「自分でつぐんだからな」

と言いながら、中西さんがその魔法瓶からゆっくりと一滴一滴垂らすようにお湯を注いだ。随分長い間この芳香とはご無沙汰だった。たちまち部屋一面を覆い包むような溢れんばかりのそのコーヒーの豊かな香りは、あの日のサイゴンの喫茶店を瞬間的に蘇らせた。あの時は人工的な空調の中、その冷気を楽しんでいた。全面ガラス張りの窓外は突然のスコールだ。手際よく店を畳む露天商、ゆっくり雨宿りを楽しむ往来の人々を眺めながら、

束の間の観光を楽しんだ。みんながお湯を注ぎ終わると、店内には焙煎のきついコーヒーの香りが充満した。ドリップの穴が小さいのか、なかなかお湯が落ちていかない。しびれを切らした私はドリップをそっと持ち上げて底を覗き込んだ。なるほど時間がかかるわけだ。まるで滴定でもするかのように一滴一滴ゆっくりと垂れている。

「コーヒーはゆっくりとその香りをだなー」

と言いながら、ドリップに鼻を近づけた。

「それと楽しい会話、まあお前らは堅い話しかしないけどどな。でも一番はこののんびりした時間だ。こんな流儀がヴェトナム流だ」

と中西さんが煙を燻らしながら教えてくれた。このコーヒーを飲む習慣は、西洋から入ってきた比較的新しいことであろう。それがヴェトナム人社会の中でヴェトナム流に醸成され、一般的に称される所謂大陸的という形で習慣化したのであろう。確か、インドではいい大人が紅茶を半日でも楽しみながら雑談に興じているなどと聞いた記憶があるが、そんな習慣があるのかもしれない。何れにせよ、こんな戦火の中でも、のんびりとした時間の浮遊を楽しむことが忘れられていないのである。むしろこういう異常な環境であるからこそ忘れてはいけないことなのかもしれない。それにしても口に入るまでには日が暮れてしまうのではないかという程だ。アルミのドリップを取ると、デミタスの中は濃厚な焦茶色のコーヒーが鎮座していた。私は「これじゃ沢山は飲めないな」と独り言を口の中で呟きながら、スプーンをかき回した。すると焦茶色のそれは直ぐに白濁したものへと変身した。思わず
「何だこれ！」
と私は一人声をあげてしまった。
「これがいいじゃないか、最初から底にコンデンスミルクが入っているんだよ」
と隣の大原が解説した。なるほど、コーヒーそのものは煎り過ぎた規格外商品という感がするが、こんな飲み方だと極端な苦みが練乳によって消され、なかなかいいものだ。
リュンさんと何やら話し込んでいた中西さんが
「予定より随分早く着きそうだから、知り合いのフランス人がバオロックの近くでゴム園をやっているんだけど、そこに寄って行くからな。みんなもついでに農場をちょっとのぞけばいい。良きにつけ悪しきにつけプランテーションってやつも一見の価値はあるだろう」
と言うと、店の奥に向かって我々には理解できないヴェトナム語を発した。直ぐさま、おやじが出てきて何やら答えると、中西さんは財布からお金を取り出し支払いを済ませ
「ありがとう」と言った。おやじと楽しそうに会話のやりとりがあったが、私にはその「ありがとう」の一言しか理解することができず、歯がゆさを残しながら車に乗り込んだ。

休息を得た二人の運転手は、その後快調に車を走らせ、どんどん北上して行く。両側から迫る樹木が車体の腹を擦ったり、大きく窪んだ轍が減速をやむなくさせたりはしたものの、巨岩奇岩に感嘆したり、椰子や笹で編み込まれた山岳民族の住居に目を奪われたりで、我々のバオロックまでの車窓の旅は溢れるほどの刺激が次から次へと続き、まさに興味津々だ。車を止めて、自分の目で、自分の手で確かめたいものばかりであるが、車はまるで私の興奮を無視するかのように速度を緩めることなく目的地に向かって走り続ける。景色はびゅんびゅん飛んで行くがあっという間に過ぎ去るその景色はまるで連写するシャッターのようにカシャカシャと私の脳裏に焼き付くのを実感している。

「さあ着いたぞ」

と中西さんが車を止めた。朽ちてはいるが、ウエスタン映画にでも出てきそうなウッドデッキ付きの小屋がある。私は自分の視界に映っている風景を疑い、無意識のうちに

「そのゴム園っていうのは何処なんだ」

と口をついて出た。私はプランテーションという言葉を聞いたときから、脳裏にはもはや勝手にその図柄が完成していたのだ。それはそれは広大な耕地に、幾何学模様状に作物が並び、大型農業機械が縦横無尽に走り回り、雇われた多くの労働者が額に汗して従順に作業を続ける。カーボーイハットを頭に載せた農場主は洒落たテラスのロッキングチェ

アーに腰掛け、煙草を燻らしながら農場をぼんやり眺めている。しかし、今日にしているここは、そんな景色は微塵もなく、大木が居並ぶ鬱蒼とした山中である。何とかファームなんて洒落た看板もなく何処が入り口なのかも判別できない。しかし、「着いたぞ」という言葉に、辺りを注視すれば、鬱蒼とした木々の隙間から、自由奔放、好き勝手に植物が乱舞する熱帯ジャングルとは違い、規則的に同じ種類の高木が並んでいるのが確認できる。その高木を指さして

「ひょっとしてあれがゴムの木か」

と松江が小声で誰に聞くとはなしに呟いた。

「どうもそのようだな。斜めに溝が切ってあるし、白い壺が引っかけてあるしな」

と大原が言った。それを聞いて、私は安心した。ゴムの木といえば、喫茶店に飾ってあるあの観葉植物で、それのでかいのを想像していたけれど、我々の目の前にあるそれは、その形状とはどうも違う。いや、かなり違う。みんな、実はゴムの木というものを見たことがないんだという妙な安心感を私は得た。中西さんは

「俺はちょっとここの農場主と話があるから、お前らはゴム園を見てこいや、後で紹介するからな」

と言いながら、リュンさんと荷物置き場のような小屋の方へと踵を返した。

「ちょ、ちょっと待ってください。そのゴム園は何処なんですか」

と普段から先輩に対しても礼儀を欠くような太々しいはずの黒田さんが恥ずかしそうに尋ねた。私はその当然ともいえる問いに内心ほっとした。

「何処もかしこもあるかよ、お前らの目の前だろ。黒田、お前ゴムの木を知らないのか。ここは全部ゴムの木だ。ちょっと奥まで入ってみろや、何かいいものが見つかるかもしれんぞ」

と、にやりと意地悪そうな笑みを浮かべた。

熱帯の木々は結果的には防風林の役目を果たしているのか、木々に覆われた中には、等間隔にゴムの木が整然と鎮座している。幹にはナイフで切れ込みを入れた螺旋状のすじがあり、そのすじの途中には白い受皿があり、そこに樹液が溜まるようになっている。四方に伸ばした枝には太陽の恵みをたっぷり享受しようと多くの葉が天に向かって伸びている。辺り一面は木陰で、焦げ付く暑さから解放され、べとつく汗を一気に奪い取った。木漏れ日が顔に当たると熱く感じられたが閉じた瞳をくすぐり、心地いい。我々は歩を奥へと進めた。木陰の中、ゴムの木は空間を遮り、視界を狭くする。しかも四方八方同じ風景であり、富士の樹海にでもいるような錯覚すら覚え、方向感覚を失う恐怖が頭をかすめる。知らず知らず七人は塊になる。

何か人影が動いたかに見えた瞬間、我々は銃を抱えた五人の集団に囲まれた。兵士には見えない。赤銅色の顔からのぞく瞳には、切迫感や緊張感、威圧感はないが、無機質な銃の存在それだけで、膝の震え、唇の震えを抑えることができない。顔面蒼白とはまさにこのことを言うのであろう。恐怖のあまり仲間の顔をみることすらできない。五人のうち一人が一言二言発したが、恐怖の鼓動が激しく鼓膜を揺るがし、それが聴覚を独占しているのであろう。彼の言葉の震動は遮断されているらしい。しかし、藤木さんの口元からは彼の発する音に反応していることが読み取れた。二人の間でいくつかやりとりがあって、藤木さんから何と笑みがこぼれた。その瞬間凍り付いていた口角が溶解するのを覚えたが、恐怖の鼓動は依然と鼓膜を揺さぶり続けている。藤木さんは、胸ポケットからマイルドセブンを取り出し、箱ごとその一人に渡した。たばこを受け取るとそのパッケージを見て、何やら言葉を発したが、言葉であることは聞き取ることができるようになっていたが、意味は全く理解できなかった。会話の中で、「ナカニシ」という音を拾ったが、どうやらそれは空耳ではなかった。

「この辺りは、解放戦線がいるという話は聞いていたが、どうもこの五人はそうらしい。実は中西さんのことはよく知っていて、我々がその関係者であることも認識している。ヴェトナムの南北は別として、農業技術協力は、歓迎しているというようなことを言っている」

と藤木さんは我々に説明した。すると五人は音を立てることもなくゆっくり森の奥に霞んで行った。彼らが視界から消えると同時に藤木さんと大原を除く我々五人は、膝ががくりと折れるようにその場に崩れ込んだ。

「何かいいものを見つけたか」

と中西さんは笑顔で我々を迎えた。

「先輩も人が悪いなー、身も心も縮み上がりましたよ」

と内心では、自分の咄嗟の対応に満足し、ちょっぴり誇らしげに藤木さんは返した。大原もいたずらっぽく相好を崩す。残りの五人は、とてつもない恐怖感からまだ抜け出せないでいる。

「私の養蚕指導所も目と鼻の先だ。どうやら無事ゴールインだな。じゃ行こうか」

の合図とともに、恐怖感をそのまま車内に持ち込み、ゴム園を後にした。

## (十)太平洋戦争の爪痕

そこは煉瓦造りの簡素な建物だ。バオロックは南ヴェトナムにおいて、高原野菜の一大産地であるダラットに近い。ダラットは避暑地としても有名だが、有事の真っ只中、誰もがのんびり避暑地で夏休みというわけにはいかないだろう。この地で高原野菜栽培指導ではなく、養蚕指導をするところに、大きな意味がある。地域に密着して、地域の中で地域の人々と考えること、これこそ、技術協力のきほんのきだ。貧しい人々が大きな資金も必要とせず、換金作物として確実性があり、且つ将来性のあるもの、外的環境変化に大きく左右されないもの。戦禍に飲み込まれても、人々は粘り強く生き抜いている。人々は小さな、か弱い生命を守らなければならない。驚くことに、新たな生命も誕生し、赤子が母親の乳に吸い付いている光景はまさに戦争と平和である。どのような状況下にあろうとも、それが生命の連続性である。

お蚕様。昔の日本ではそのように言われた。お蚕様、あーなんて心地よい響きだろう。耳を澄ませば、その白い宝石たちは、一斉にガサガサ音を放っている。桑の葉を貪欲に食べ尽くしていく。体内に十二分に葉を取り込み、一齢、二齢と小さくなった着物を脱ぎ捨て、より大きな着物に着替えていく。脱皮を繰り返すとやがて、糸を吐きながら、すっぽりと自分の体をその糸で覆い、静かな眠りに入る。そして彼らは自分自身の安らぎの場である寝床を絹糸という宝物にかえ、私たちに与えてくれる。農村の女性たちは、養蚕技術を身につけ、換金というその成果を確実に実感している。その成果は、人々のさらなる勤労意欲を刺激する。戦時下にありながら、子どもたちが屈託ない笑顔を振りまいている。自分たちの手で今よりほんのちょっぴり豊かになるだけで、笑顔が溢れる。そんな地道な技術協力こそ、我々の掲げる真骨頂である。初対面の若い外国人達が興味津々と見て回る中、作業を続ける彼女たちのはにかんだような笑顔を見れば、この技術協力の成果は一目瞭然である。あとは、自分たちの力でこの農場が運営されるように、この地にあった人材育成をすること。みんなの力で、どうしたらいいかを考える組織をつくり、それを動かすことができる人を育てること、それが人材育成だ。みんなをまとめる力に秀でた指導力の持ち主をはじめ、個々の能力の分析には、相当注力している中西さん。優しいまなざしと粘り強い丁寧な話しぶりが、自立できる集合体へと誘導している。意図的におっとりとした雰囲気を醸し出しているのは、兵士である夫がいつ何時命を奪われるかもしれない、死と隣り合わせの厳しい生活の中、女性だけで懸命に子を守り、村を守る、己を守る、そんな緊張感、切迫感の裏返しのような気がする。

私は清々しさと同時に荘厳さが胸に迫りくるのを感じていた。己のこれから歩むべき道標がはっきりと見える。これこそが技術協力の神髄だ、と。

陽が落ち始めるころバオロックの養蚕指導所を後にした。宿に着いたときはすっかり日が暮れてあたりは静寂の極致。街灯はなく自分の足元すらおぼつかない真っ暗闇。ハードスケジュールと呼ぶに相応し一日だった。我々は夕食もそこそこに心身共にこれ以上使いようのない最大限のエネルギーを搾り取られたかのように、安ホテルのベッドに潜り込むと、瞬時に深い睡眠に引きずり込まれたにも関わらず、翌朝は渡越して初めて経験する遅い目覚めだった。毎夜襲ってくる爆撃音に悩まされることなく睡眠を貪った。昨日の長旅、さらには生死の境目を突きつけられた緊張感の極みとも言うべきあの刺激は身体の芯まで、心の芯まで恐怖を染みこませたのであろう。それに費やされたエネルギーは計り知れない巨大さだ。とにかくよく寝た。

バオロック二日目は、中西さんがこの地を訪れると必ず会いに行くという人物に是非我々にも会わせたいと言うことで同行することになった。バオロックから車で一時間ほど山中に入った所だという。山道に一時間揺られると言うので、昨日の再現かと一瞬戦慄が走ったが、日本企業も進出しており、一応安全が確保されているらしいと聞き、緊張した神経系が弛緩していく行程がまるで透視しているかのように脳裏に見えるのだ。車窓からはフランス統治時代の避暑地であっただけに私にも別荘地とすぐに判別できる瀟洒な建物がジャングルの木々に隠れるように佇む光景がポツリポツリと窓外を流れて行く。

車は減速を始めた。

「もうすぐだな」

と中西さんが言うと同時にハンドルを右に切ると山道を外れ、狭い林道へ進入した。しばらく進むと大きな看板が目に飛び込んできた。日本の有名な商社名が漢字とローマ字で標記され、一番上の行はヴェトナム語だ。当然その商社名であろう。私の理解できるヴェトナムの文字は極めて限定されるが、何と商社名の前にヴェトナム語で「日本」と大きな文字が踊っている。我々は有事に備え、渡越前から「日本」「私は日本人」「私は大学生」「農業協力のためヴェトナムに来た」だけは、発音できるし、文字も書くことができた。山中の別荘、そこにはでかでかと日本国という現地の文字。誰の目にも「日本人が皆さんの国のために、頑張ってますよ」という強いメッセージであろう。まさに安全宣言という御旗を高々と掲げているのだ。

ここはかつての別荘を日本の商社が、そのまま事務所として使っており、日本人が常駐しているという。ここで材木を買い付けているらしい。この戦禍、このような取引が行われていることに衝撃を受けたが、所謂エコノミックアニマルと揶揄されるような、日本企業の貪欲な経済進出の実態を目の当たりにした今、獲物があれば大きな口を開け突進するジョーズにでも睨まれたかのように、私の意気は消沈してしまった。正直、不快感が心を襲った。車から降りると、灼熱の太陽を覆い隠した周囲の樹木はその熱を遮断し、涼風が頬をなでる。糸のように細く伸びた木漏れ日が瞳を刺し、顔をしかめさせるその刺激がなぜか心地いい。この清涼感が、消沈した気分を一瞬にして解放してくれた。ただ、爽快感とは裏腹に背中にはべっとりと汗がこびりついてきた。山中でのドライブは、いくら安全と言われても極度の緊張を強いられたようだ。

中西さんは我々を玄関前でにこやかに出迎えてくれた人物と一言二言、交わした後、紹介してくれた。

「この人が、みんなに是非とも会ってもらいたかった福井さんです」

赤銅色に日焼けした肌、頬も胴体も無駄といえる部分を全て削ぎ落としたような痩身であるが、筋肉質の肉体は、鍛えたというより厳しい肉体労働に耐え抜いた、そんな印象を伺わせる。これが日本の商社マンかという疑問符がみんなの頭の中を駆けめぐったはずだ。笑みの中にはまるで刀の反射光のような鋭利な光が覗いている。

「こっちこそ中西さんにはお世話になっています。福井と言います。日本の若者を見るのは久しぶりです。今日は皆さんから最新の日本の話が聞けることを楽しみにしていました。みんな腹が減ったでしょう。さあ、食事にしましょう」

とあいさつもそこそこに我々を庭のテーブルに案内してくれた。

テーブルにはヴェトナム料理が並んだ。ビエンホアではバーサウの手料理に毎日舌鼓を打っている。何を食べても美味しいが、ただ所謂香草というやつは少々苦手だ。福井さんは自分自身が好む料理を我々に用意してくれたようだ。メコンデルタ地域では、冷涼な気候を好む野菜が生産できないため、ダラットのような高地から冷涼野菜が南へと運び込まれる。その分値段が高いので、我々にはそうそう手が届かない贅沢品だ。ここは冷涼野菜生産のメッカ、ダラットに近い。生野菜がたっぷり食卓を飾っている。バーサウの料理は予算面から勢い香草が多い。今日はキャベツにレタスがたっぷりある。視覚や味覚以上に細胞一つ一つが生野菜を要求しているようだ。みんなうまそうに新鮮な葉っぱを口へ放り込む。葉っぱの全てが細胞の隅々にまで浸透していく錯覚に陥る。実にうまい。福井さんは目を細め、その光景を楽しんでいるようだ。

「まずは、みんなの出身地とできればふるさとの歌を聴きたいなー」

と福井さんは何故か少年のようにはにかみながら優しい口調で、我々に言った。

「わかりました。それでは私がいの一番におはら節を歌います。出身は宮崎ですが」

と大原が言うと、

「ちょっと待て、おはら節は鹿児島だぞ。俺が歌うんだから」

黒田さんは、口をとんがらかして制止したが、

「宮崎も鹿児島も隣同士じゃないですか、うちまで桜島の火山灰が飛んでくるんだから。じゃ行きまーす」

とわざと大きく手拍子をしながら大原は歌い出した。豪傑感漂う歌唱力だ。先起こされたはずの黒田さんは故郷を丁寧に思い出しているのか、あるいは柄にもなく母の温もりを探っているのか、真っ黒に日焼けした無骨な顔を、少年のような面立ちにかえ、どこか一点を見つめていた。おはら節を見事に歌いきった大原は
「黒田さんすいません。次お願いします」

豪傑な歌い方とは真逆に蚊の鳴くような声で囁いた。

「名前のとおり黒田節と行きたいところですが、岡部の持ち歌がなくなるといけないんで、鹿児島加世田生まれの黒田は、故郷の馬方節をやります」

加世田生まれの黒田さんは、歌い慣れているようで、玄人臭がぷんぷんする歌い方をする。「上手い」に感嘆符がつく。福井さんは記憶を巡らすように、目を閉じて聴覚を集中させている様子が伝わってくる。

「じゃ岡部、黒田節行けっ」
「福岡出身の岡部です。今日は日本酒がありませんが、黒田節行きまーす」
何とも重量感に欠ける黒田節だった。しかし、一人悦に入った岡部さんは同郷の藤木さんに
「藤木、お前の分まで歌ってやったぞ、お前の歌は聴くに耐えないから今日は勘弁してやるぞ」
と言うと
「次は古川、がんばれよ」
と指名までして席に座った。古川さんの趣味は何とクラシック音楽の鑑賞だ。粗末なステレオではあるが、ターンテーブルの上に針を落とし一人静かに聴き入いる姿を何度か目にしたことがある。そんな彼が故郷の何を披露してくれるのか。私は興味津々だ。すると五木の子守歌を歌い始めた。音程が不安定、しかも濁声、下手くそだ。しかし妙に味わい深い。なぜだか涙腺が緩む。日本では、フォークソング真っ盛り。この歌をカバーしたグループがヒットチャート上位を席巻していたので、民謡と言うより正に現代版フォークソングとして若者にはお馴染みだ。その女性ボーカルの澄んだ歌声がオーバーラップしているのか、彼の素朴な歌声が何故涙腺をくすぐるのかは判然としないが、古川さんの発する音は、みんなの心の周波数と確かに共鳴している。かなり緊張していたようだ。歌い終わ

るとふーっと息を吐き出し
「いけねー、自己紹介忘れてた。熊本出身古川です」
と付け足した。こよなく故郷を愛してやまない松江はいつもわざと名古屋弁で大げさに故郷名古屋を紹介する。今日も例によって
「めでてーめでてーこいつぁ鯛（たぁー）でも食べなあかんがやー」
という口上の後、
「名古屋甚句やりまーす」
とまたまた故郷名古屋を大いに宣伝した。私は
「岐阜県美濃加茂市出身です。郡上八幡の郡上音頭歌います。私が皆さんに手で合図をしたら、あーそんでせと入れてください。お願いします。あーそんでせですよ」
そして私は「ぐじょのなーはちまんでていくときは」と歌い、手で合図をした。するとみんなが「あそんでせ」と口ずさんでくれたが、なんと福井さんが驚くほど元気な声で「あそんでせ」を入れてくれた。そして彼は、歌の途中であったが、
「話の腰を折るようで申し訳ないが、実を言うと私は郡上八幡の生まれなんです。今まで皆さんの故郷の歌をきかせてもらってすっかり忘れていた、いや、もうないものだと自分自身に言い聞かせてきた里心というものが一瞬にして蘇ったことに躊躇している自分を

何とも表現しようもない気持ちでいました。これは悪いという気持ちではないんです。もちろん記憶にはないのですが、母親におんぶされている気分とでも表現できるのかもしれません。さらに何十年ぶりかで、ここヴェトナムで、日本人から、しかも私が戦地に赴いた頃の同年齢である若者から、故郷の歌がきけるとは夢にも思いませんでした。とても驚いていると同時に感激しています。ただ郡上出身の福井としましては、申し訳ないが見逃せない点があります。郡上音頭の合いの手のことなんですけど、あそんでせではなく、あそんれんせと言います。ということでみなさんあそんれんせでお願いします」

私は若干うろたえる自分自身を意識しながら、

「みなさん大変失礼しました。私は子どもの頃から地元の盆踊り大会でよくこの曲を踊っていましたが、意味も分からずあそんでせと思いこんでいました」

としどろもどろの言い訳をし、

「それでは、あそんれんせでお願いします」

と思いっきりの笑顔でお願いし、歌い始めた。歌い終わると、再び福井さんが立ち上がり、我々に過分とも思われる感謝の気持ちを声を詰まらせながらお話しされた。すると松江が

「もしご存じなら教えてほしいのですが、あそれんせには何か意味があるのですか」

「そうそう、それもお話ししようと思っていたのだけれど、うれしさ余ってついつい感情が高ぶってしまって。祖霊祭といって先祖を供養するお祭りが変化したものと私は小さい頃親から教わっていました」

福井さんの説明の後押しもあり、実に愉快な故郷のど自慢大会となった。子どもの頃から何となく口ずさんできた歌の意味を外国の地で気づかされるとは、皮肉なものであると同時に、何気ない、ある種無意識の行動にも、自ずから意識することがとても大切なことであることに気づかされた。意識的に知識を積み重ねることで、それらの集合体が知恵に進化するものであることを実感している自分に興奮を覚えた。また外国にいるからこそやたら日本びいきになる、日本人そのものを意識し、まさに日本人であることを実感できるのかも知れない。

宴は普段口にすることができない極上のスコッチも援護射撃し、極相状態が延々と続いた。若者のエネルギーは、テーブルの食料を呑み込んでいく。飲む量も半端でない。好んで理想を語り、ある種好戦的に議論する。しかし、福井さんは太平洋戦争のことは語ろうとしなかった。この地でどのような戦闘があったのか、日本軍は何をしたのか、何をされたのか、そして本人は何をしたのか、私たちは触れてはいけないことだとすぐに直感したが、アルコールは、その制止を弛緩させた。

「終戦後、福井さんがここヴェトナムに残られたのは何故ですか。きいてはいけないことなのかも知れませんが」

「いいですよ。私は厳然とここヴェトナムにいるのですから。そしてこうして日本企業の一員としても仕事をしています。矛盾するようですが、ヴェトナムの人たちが豊かに生活するためにはどうしたらいいか、一緒に考え、一緒に行動しようと思ったからです。それは山中で、山岳民族に救われたからです。敵国の日本人をそれはそれは親切に面倒を見てくれました」

「その時は、日本人は福井さん一人だったんですか」

「もちろんそうです」

「たった一人でこの山中で生活されていたんですか」

「私だけではなくたぶん私たち日本人は、親、兄弟、親戚、仲間、もちろん学校でいろいろなことを教えてもらいます。それらの知識が集合体となって今の自分がいます。この地でたった一人になったときでも、自分は一人きりってではない、その時の自分は多くの人の知識や知恵や温もりをもらっているんだという実感がひしひしと感じられました。そう思うと、肉体的にも、精神的にも自給自足できるという自信というのかな、なんかそんな感じでしたね。ただ、ヴェトナム語は発音がとても難しい。いまだに子どもたちに笑われていますよ」

と家族の話を楽しそうに話す横顔は、好々爺と言うには若くて失礼だが、そんな表現がぴったりだ。

「昔は日本軍がここで橋も建設したが、私は今ヴェトナムと日本の間に真の架け橋を造っているつもりだ」

と一瞬張りつめた雰囲気が流れた。

「中西君のヴェトナム人を想う気持ちには心底敬服しています。正直言って彼に感化されたとこは大きい。爪の垢を煎じて飲みたい気持ちです。だから私にできることがあれば少しでも協力したいと思っています。幸い、私には日本目線とヴェトナム目線が確実に同居しています。真の架け橋とはこのものの見方や考え方が必要な気がします。中西さんにはこの心の底流を何となく初対面のときから感じていました。中西君を慕ってわざわざ戦禍のヴェトナムまで来ている皆さんとも似たものを今実感しているんですよ」

『国際協力の究極は、移住にある』

という師の教えを、戦禍という不幸な結果ではあるが、見事に実践している人物を目の当たりにして、体内に稲妻が炸裂する激しい衝撃を覚えた。我々は福井さんの好意に甘え、しこたまアルコールを体内に注ぎ込み、久しぶりに深夜の交戦を意識することなく、熟睡したようだ。

翌日は道中の安全確保を優先し、早めにバオロックを発ち、真っ直ぐビエンホアに向かうことになった。福井さんは荷造りされた段ボール箱を用意しており、私に帰国したら実家に届けてもらえないかとお願いされた。昨夜福井さんの実家の住所と簡単な地図を手渡されていたが、かなりの酒量にも関わらず、幸いなことにそのやりとりは十分に記憶にあった。

帰路の途中は幸運にも往路で経験した戦闘状況はなく、無事ビエンホアの孤児職業訓練センターに帰還することができた。そして何ごともなかったかのように、訓練センター農場での活動を再び開始した。

## （十一）心を耕す

そもそも天地返しの作業は、掘り出した土を寒さにさらすことで病害虫防除をも兼ねて、厳寒期にやるものだ。厳しい肉体労働を強いられることにはなるが、有機質に富んだ豊かな土づくりをするとともに、畑の奥から出てきた土を凍てつく寒さにさらけ出すことにより、土を消毒してやるという効果も期待できる。ただ、この地で厳寒にさらすことは不可能だが、下層にある土は病害虫に汚染されている割合は激減する。たかが十アール程の天地返しだと最初は高をくくっていた。一メートル四方の直方体の穴を一列掘り、そこにたっぷりの有機質を入れてやる。そして次の直方体を掘りながら、穴を埋めていく。有機質をたっぷりとため込んだ陣地が拡大していくようだ。固く押しつぶされた今までの荒れ地は有機質をたらふく飲み込み、さらに空気が混ざるのでフワフワとした柔らかさがすぐに目視できるほどに変身する。埋めていく直方体には凸凹ができるのでその都度手作業で簡単に整地はするものの、凸凹はなかなか上手く平らにはなってくれない。それを均すために登場するのが文明の利器である耕耘機だ。日本からはるばるやってきた7馬力もある大型で見るからに力感溢れるゴッツイ代物だ。我々は彼を子どもの頃憧れた鉄人二十八号になぞらえ二十八号と呼んでいた。二十八号を手なずけるにはちょっとしたこつがいる。彼の進みたい方向を尊重しつつ、こちらの都合を軽く方向付けしてやれば、力強く、ロータリーを回転させ、土を砕き、尚かつ平らにしてくれる。正に正義の味方鉄人二十八号に相応しい活躍をしてくれる。しかし、彼の意に反して力ずくでくみしようとすると、彼の怒りを買い、とんでもないじゃじゃ馬と化す。

照りつける太陽の下、誰だったかは忘れたが、私はある言葉をふと思い出した。

「アメリカンフットボールは、アメリカ開拓民が、荒野に鍬を打ち込み、荒野と格闘し、少しずつ自分の土地を切り開いていくというアメリカ創世記そのものなんだ。正にアメリカの象徴だ」

今、このヴェトナムの荒れた地に、命を吹き込むという尊い行動を実践している自分の存在意義を美化している己に気づき、頬が熱くなった。何故かそんな自分を恥じ、いかにも焦げ付く暑さで火照ったかのように、「今日は異常に暑くないか」と呟き、両手で頬を包んだ。

まるで定規で測ったかのような一メートル四方の直方体が一列完成すると、黒田さんは「一服するぞ」と声をかけた。一メートル地下へ掘り進むと地中の水分を含んだ土は表面の赤茶色から黒褐色へと変化する。そして地温は相当下がり、穴の中にいると焦げ付くような熱さは、置いてけぼりだ。その体感温度は涼感すら覚えるほどだ。「一服」の号令に、てんでに「あー」とか「ふぅー」とか、いかにも気持ちいいという音を発しながら穴の中で仰向けになり、両手両足を上下に大きく伸ばすと中腰姿勢で縮んだ腰が伸び、爽快だ。一面に広がる耕地は遮蔽物はなく、直射日光は容赦なく照りつけてくる。我々は穴から起きあがり畜舎へと向かう。畜舎は素人ながらよく設計されており、風が抜けて意外と涼しい。風が抜けるように意図的に設計されたそれは、涼しさばかりか、湿度も下げ、豚や鶏の排泄物も素早くとはいかないまでも、それなりに乾燥し、病害虫予防にも貢献している。軒下に腰を下ろし一服するのはいつもどおりである。その日は何故か岡部さんは一人畑に残り、二十八号を操作し始めた。正直、岡部さんは肉体労働に消極的である。作業はいつも遅れるので、みんなでそれを補い合うと言うのが通例となっていた。黒田さんが
「どうした風の吹き回しか、今日はやけにやる気十分だな」
と皮肉混じりに言った。すかさず古川さんが
「あいつ、機械系は好きだからな、でもちゃんと二十八号扱えるのかよ」
ところちらも皮肉混じりの中に、若干の不安がのぞいていた。遠目から見ると平らにしたはずの畑は凹凸が激しい。二十八号は大きく揺れながらも、土を砕き、均し、前進していく。上下の揺れは何とか対応できるが左右の揺れは危ない。その瞬間、大きく右に傾いた二十八号が制御不能な状態になったようだ。二十八号は強力な力でみるみる土を裂いていくが、人の力で強引に彼を操作しようとすると、主人に牙をむくことは織り込み済みだ。我々はそれほどまでの危機感を覚えたわけではなかったが、そこへどこからともなく小松さんが駆けつけ、二十八号を上手く手なずけ、事なきを得たようだ。
「ど阿呆、お前ら何しとるんじゃァ、仲間が大変なおもいをしとるんじゃ、他人事のように涼しい顔してみとる場合か」

と鬼の形相で、我々を怒鳴りつけた。私は小松さんの純真さに脱帽した。小松さんは、我々の行動様式を注意深く見ているはずである。誰がどのように動いているかは熟知している。岡部さんの取り組み姿勢がやや消極的であることも十分承知のはずだ。だからこそわれわれのある種の意地悪な行動も理解できると思うが、万が一大怪我につながるような状況は、それが誰であろうと看過できないのだ。鉄拳制裁も辞さない勢いで乱暴に罵詈雑言を浴びせられた我々は、何故かそれを冷静に受け止めていた。本当の意味でみんな冷静だった。すねている訳ではない。ふてくされている訳ではない。困っているときは何をなすべきか、ということも十二分に理解できる。だからこそ怒りの真意はよーく理解できる。でも、言い訳ではなく岡部さんに最後まで頑張ってほしかったという気持ちも大きかった。そう、その時はみんながそう思ったのだ。生意気だが私は心底そう感じていた。何か一皮むける期待感があった。興奮おさまらぬ鬼の形相の小松さんに、岡部さんは

「先輩、自分が勝手にしたことですから、こいつらは関係ありませんから。すみませんでした、すみませんでした」

と謝り続けた。

「俺はお前らの身体が一番心配なんや。何があってもお前らを無事に帰国させなければならんしな。気いつけんか、ど阿呆」

小松さんは謝り続ける岡部さんに向かって話をしているが、それは我々全員に発しているることは明白であった。何も我々を気遣う言葉など不要だと全員が素直に感じているはずだ。いかなる理由があろうと、目の前にたいそう苦労している人がいれば、お前達にできることをするのが当たり前だろうという小松さんの純粋な気持ちは、痛いほど理解できた。あまりに飾り気のない素直なその言葉に、岡部さんに最後までやってほしかったという気持ちはもしかして詭弁だったのだろうか、自分の気持ちに綻びが生じた瞬間であった。相手の立場に立つとか、相手目線で考えるとか、民衆のど真ん中を歩くとかの美辞麗句がこそばゆくなった瞬間でもあった。それからみんなは何となく寡黙になり、土中にスコップの剣先を打ち込み、穴を掘り続けた。思いのほか作業量が進み、灼熱の太陽の下での天地返しもゴールが見えてきた。

ウィドウビレッジの住人ともかなり懇意になることができ、調査も順調に進んだ。村設立の趣旨やその特殊性、生活状況や農業の特色、教育水準や宗教等多岐にわたる調査を行った。当初仏教徒が大半であろうと認識していたが、驚いたことにカソリックが三分の二を占め、残りの三分の一が仏教徒であった。ヴェトナム語のおぼつかない我々にとって日本語の分かるカン牧師の協力を得ることができたことは実に幸運であった。おかげで村の個別情報をかなり贅沢に収集することができた。ただ調査戸数は全一五二戸中二十戸、一割強という数字は信頼性を満たさないことは承知の上だが、一軒ごとに丁寧に調査し、生活実態の詳細が見えてきた。調査開始当初は、慎重、誠実且つ表層的な調査に終始していたが、人間関係が良好になるに従い大胆且つ必死に生活の細部にまで踏み込んだ内容について重ねるようになった。その結果、詳細が見えてくるに従いみんなが同じ疑問、同じ不安を抱えることになる。それは、この村が農村ではないということだ。農業という生業を基に生活が成り立っているわけではなく、農家の体をなしていない。立地条件からしても将来農業経営ができる地ではない。収入の糧は、ロンビン基地での清掃、洗濯、庭の管理等アメリカの求める仕事をこなし継続的あるいは不定期に現金を得る。ビエンホアの町で仕事を得る。大都会サイゴンまで出稼ぎに行く。耕地と呼べるものかどうかは疑問である二十アールに満たない栽培面積から収穫できた農産物は基本自給用である。共通して栽培している作物は唯一キャッサバ、これは粗放的な農法で十分栽培可能なようだ。キャッサバはどこの家庭も、旺盛な成長が見て取れる。焦げ付く大地の上でその生命力を誇示しているようだ。その他、家庭によって違いはあるが、サツマイモ、落花生、カボチャ等々。果樹としてパパイア、バナナ、ジャックフルーツ、グァバ等で、あの果樹の王様ドリアンは巨大な木になるが故かほとんど植えられていなかった。時に余剰農産物を町まで売りに行くこともあるが、この村の人々は農業者としての自覚はない。要するに村の設立趣旨、栽培可能な土地、村人の意識等々どれをとっても、この地は将来的に農業を基幹とした農村支援のための調査・研究対象地域になり得ないことが明白になった。即ち、村の実態が分れば分かるほど、この村での活動の方向性を修正しなければならない現実に直面することになった。国際協力という燃えたぎる若者のエネルギーを胸に秘め、意気込んで渡越したものの、青写真ではあるが我々の計画していた具体策は、帰国を目前に霧散した。

大学の夏季休業を活用して二ケ月という期間限定のヴェトナムでの活動も、あっという間に過ぎ去り、残すところ二週間を切った。夢中でウィドウビレッジの調査研究を進め、帰国後の報告書作成についてもかなり目処が立ってきたところで、肝心要であるこれからの方向性が暗礁に乗り上げた。この地で我々は継続的、発展的になすべきことは何なのか。その夜から、これに焦点を当てた議論を開始した。否、始めざるを得なかった。

ビエンホア内に候補地を求めるのか、中西さんの活動拠点であるバオロックも選択肢としてあるのか、それとも豊饒の地、我々にとっても垂涎の地であるメコンデルタなのか個々にそれぞれの思いはあるが、正直言って地図上の知識はあっても、戦時下であり、尚且つ激しい戦闘下である現実は何をするにしても厳しい制限がある。すっかり慣れたとは言え、深夜の爆音・爆風はやはり恐怖である。時間帯によって政府軍と解放戦線のそれぞれの支配下となる地域もある。戦闘に出くわしたり、巻き込まれることは十二分にある。

正に死と隣り合わせの活動となる。今この地に居ることだって、はたから見れば、無謀、無鉄砲と非難される可能性は十分に考えられる。往来すら儘ならないのにインドシナ半島南部に広がるメコンや中部のバオロックへの現地調査など不可能に近い。

小松さんに助言を求めるためミーティングに引っ張り出した。

「中西さんからいろいろ聞くところによると、戦闘は確実に悪化しているという。解放戦線は中部の山中からはるかに南進しており、極言するとサイゴンも時間の問題かもしれん。このセンターもどうなるかわからんぞ。お前らの焦る気持ちはよーわかるが、ヴェトナムの状況は極めて不安定や。たとえ不幸にしてこのセンターがなくなったとしても、われわれの活動は、農場づくりとともに人づくりや。あの子たちの何人かでもええ、絶対将来の農業人として頑張ってくれるはずや。たとえ国の状況がどう変わろうと、この国の土台作りに役に立つはずや。人間喰わずに生きらりょか、だよな。はっきり言って来年は、ここで勉強しながら今後の方向性を探るというのが現実的やな。今回は予定通りウィドウビレッジの現地調査を力の限りやるということで十分な成果だとわしは思うけどな」

この助言を受けて、肩の荷が少し降りた感じがした。われわれは今を見失ったという焦燥感に襲われていたのだと思う。「現在に迷う者には将来はなく、今日を自失する者は明日を語るべからず」恩師の教えが心の奥底を揺さぶっていたのだ。

「今やるべきことをとことんやる」という言葉で、われわれは渡越前に描いていた青写真こそ失ったものの、今日を見失っているのではないことを共有することができた。

「ウィドウビレッジで唯一農業経営を生業とする方法は、施設園芸だよな。戦争が終わって、将来的に国が安定し、さらなる発展を考えると雨風を避けることで、高級感を出せる野菜や果物の生産という選択があるな。こう言っちゃ小松さんには悪いけど、冷涼野菜は選択としてないとしても、ハウスで集約的にしかも化石燃料を使わなくていい方法であればどうだろう。例えばトマトとかメロンとか、そうそうスイカの可能性は十分あるんじゃないか」

「雨季・乾期で日照時間も気温・湿度も相当違いがあるんじゃないか。昼夜の温度差も重要だしな。確かにウィドウビレッジに固執しろと言われれば皆無とは言えないが、初期投資費用、農業技術等かなり厳しいよな」

「最初は一軒、二軒でいいんだよ。施設と言っても、立派なハウスではなく手作りで雨除け栽培の延長線と思えば、そう大きな負担なくできるんじゃないか、作目は何にするのかが一番重要だけどな。とにかく実績づくりがものを言うと思うけど」

「ウィドウビレッジにこだわらず、このセンターが周辺地域と連携する。例えば教会や寺院に大きな耕地があるわけだから、そこと一緒になって地域住民に拡大していくとか、このセンターが戦争孤児の職業訓練所であるとともに地域の農業技術センター的役割を担うことも考えられるよな」

「いずれにせよ少ない予算で、継続的・持続的発展という視点が重要じゃないか。小松さんはキャッサバの勉強に来たんじゃないぞと言ってたけど、低地の畑作でこの地の気象条件や土壌条件にも適した、そう適地適作というやつ、キャッサバの研究価値は大いに有り得る。食料としても、加工したでんぷんとしても、輸出用の作物としても有望だと思う。とにかく栽培しやすく、持続的農業作物として米に次ぐ代物じゃないか。画期的な増収栽培も可能性あるんじゃないか。どこもかしこも水に恵まれているわけじゃないしな、そうなったらそれこそ世界を救う作物になる、なんてことだって考えられる」

「メコンデルタの選択は現状ではないだろうな。でも魅力的だよな。二期作どころか三期作が可能だ。ここで、さらなる増収に加え、中粒種や単粒種栽培等も導入すれば、さっきのキャッサバの話じゃないけど、世界の食料事情の大変革につながるんじゃないか。ヴェトナムは実に潜在能力に富んだ場所だよ。ただ、今は難しいけど」

「確かに、局所的な支援場所を絞り込み、その地の生活基盤の安定、底上げを考える取り組みも重要だけど、国の施策そのものに及ぼすような支援や協力もあるな。まずは小さな一歩、それを端緒に拡大していくというのがわれわれの基本だが、ヴェトナムの農業全体から何をどうするという大局的な考え方も必要だな」

フリートーキング風に、誰がリードするということもなく自由闊達に意見交換を行った。何かしらの方向性なり、結論を出さなければならないというある種の使命感から解放され、絵空事でもいいから、無責任でもいいから、気楽に意見を出し合ったが、にわか仕事で、そうそう名案が出るはずもない。しかし、われわれの標榜する国際協力は一人一人の心の襞に、確実に刻印され、全く具体性のない内容ではあったが、おいしいものを腹いっぱい食べたような満足感を覚えたことは間違いない。

## (十二) 憧れのメコン

帰国も目前に迫り一週間を切ったところで、われわれは事前に予定していたメコンデルタ地帯に一泊二日の行程で出かけた。バスを乗り継ぎ、ついに、ついにメコン川が目の前に広がってきた。メコン川を目の当たりにすると、私が幼少のころ耳にした従弟の驚嘆する一言が蘇ってきた。

「海はやっぱり大きいな」

従弟一家は私の実家からいくつもの山を越えた山村に住んでおり、私は夏休みになるとよく遊びに行き、彼らと野山を駆け巡り、栗を拾ったり、黒スズメバチを追っかけ、蜂の子を捕まえたり、川遊びをしたりと、楽しい思い出がいっぱい詰まっている。その山村には人の背丈ぐらいの幅しかない小川があったが、そこへ小さなすいかや甜瓜を持って川遊びに行ったものだ。水浴びしながら魚や蟹を捕まえ、川に浮かべておいた冷えたすいかや甜瓜を食べるのが楽しみであった。そんな小さな川しか知らない従弟が、私の住む木曽川の河口近くを見たとき発した言葉がそれだ。

「海はやっぱり大きいな」

メコン川はそんなものじゃなかった。木曽川のそれとは全く異なる雰囲気、迫力があった。所謂清流とは程遠い。何色と表現したらいいのか。私の網膜は、黒褐色と紺鼠を合わせたように識別した。ゆっくりではあるがとうとうと大きく流れ、その初めて経験する暗い淀んだ色彩は正に恐怖をそそる。チベット高原で生まれ、中国、ミャンマー、ラオス、タイ、カンボジアと長旅をしてきたその水の塊は、とめどなく下へ下へとさらに旅を進めている。雨季と乾季では川の表情も様変わりするという。

渡船場には真平の船が係留されていた。その船上に我々を乗せたバスは器用に進み、定位置に駐車した。今我々は、悠久の歴史と悠久な大自然の創造が連綿と続くメコン川を横断している。戦闘下であることなど脳裡から吹っ飛んでいる。豊かな水、豊かな三角州。ゆっくりと流れる時間。豊かな満足感が体中に充満し、破裂しそうだ。憧れの地、憧れの大河メコンの上にいる。あえて焦点を合わせるという作業をすることなく対岸をぼんやり見ていると、突然迷彩色が視野を遮った。若い兵士が拳銃を肩に二人一組で、船上を巡回していたのだ。黒光りする銃は膨張した幸福感が針の先ででも刺されたように一瞬にして破裂し、私を厳しい現実に引き戻した。特に橋、鉄道、船舶等主要な輸送路地点は当然ながら政府や軍が目を光らせている。思わずバッグの中のパスポートを確認して、ここは外国でしかも交戦の真っただ中の国であることを肝に銘じ、観光気分を一掃した。

対岸に到着すれば目的地のカントーが目と鼻の先のはずだ。渡越前から楽しみにしていたメコンデルタの稲作の実態をつぶさにこの目で確かめることができる。しかも農業研究所を併設しているカントー大学の訪問も予定している。センターからビエンフォアまでは小松さんに訓練センターの車で送ってもらったが、そこからは我々学生だけの旅になる。どこでどのバスに何時何分に乗るかを確認し、バスを乗り継いでいく。我々のつたないヴィエトナム語の発音はなかなか通じないことは経験済みなので、行く先はしっかり文字にしてきた。バスの運転席上部にある行先表示を食い入るように、目を皿のように一文字一文字追い、さらに運転手に確認しながら乗車する。その間、小松さんの教えどおり自分の荷物には十二分に注意を払い、大切なお宝であるパスポートは肌身離さず、行動する。特に事件もなく目的地であるカントーに到着することができたが、道中緊張の連続でカントーに着く頃は、身も心もへとへとだ。その夜はカントーの安宿に泊まり、酷使されまるでぼろ雑巾と化した心身は、あっという間に睡魔に襲われ、睡眠を貪った。翌日の午前中には大学訪問し、その後大学の先生が稲作地帯の案内役をしてくれるという。とにかく限られたわずかな午前中の時間を使い、午後にはまたバスを乗り継ぎ訓練センターに帰るという一泊二日の強行スケジュールである。

戦時下の大学は、閑散としている。開設されて十年を経過していないまだ若い大学である。頼みの綱である英語は、ヴェトナムでは余り通じない。大学の職員も同様で、歴史的にフランス語が大手を振っているようで、英語が苦手の大学職員も多いらしい。ただ、われわれの英語力も誉められたものではなく、お互いが言葉を選び、ゆっくり且つ一生懸命な会話を繰り返すうちに、意思疎通や情報収集、意見交換は言語能力以上の成果を得ることができたことは不幸中の幸いと言っていいだろう。大学の有する農業技術研究所や農学部関係の施設設備を早足で見学し、大学近くの水田地帯にも案内された。先の見えない長い戦争の影響で緑の革命の成果とも言える稲の優良品種の導入状況はここでは確認することができなかったが、青々とした水田が広がる美しい田園風景は砲弾が飛び交う地であることを忘れてしまう。川のもたらす恵みは土をつくり、空をつくり、水を運び、光を通し、温度、湿度を塩梅よく保つ。大自然の豊かさ、食料の豊かさはそもそも柔和な民族を創るはずだ。この豊穣のメコンデルタには、人々の汗、永年積み重ねた経験と知恵、家畜の大きな力を借りながら自然の恵みを収奪するのではなく共存することで、営々と米作りを繋げてきたことは確かである。

この地に立った今、視野のすべてを覆いつくす水田を目の当たりにすると、ただただメコンの大自然に敬服するばかりである。畏敬の念を抱くとは正にこのことである。赤銅色に焼けた顔の奥からキラキラした目を覗かせ、この偉大で崇高な田園を飛び回り、現地の人々と共に汗を流すわれわれの姿が脳裏をかすめた。その瞬間であった、かすかにパンパンという小銃の音が夢想で飽和状態の脳裡をかき消した。こんなのどかな風景に弛緩した心身は、戦争の真っただ中に引き戻され縮み上がった。この地では、極めて限られた移動、限られた活動しかないことを痛感した。

わずかな時間であったが、悠久のメコンを満喫した。ついに垂涎の地メコンをこの目で確かめ、この足で踏みしめた。水牛がのんびり横たわり草を食む風景を焼き付けた。水上の経済活動を、水上の生活を体感した。疲れを知らない子どもが夢中で遊んだあとのような、そんな体を帰りのバスに預けた。そのバスはスプリングが効かず、子どものころよく歌った「田舎のバスはおんぼろバスで♪♪」を彷彿とさせる年季の入ったバスで、なにかとても懐かしく、タイヤから伝わるその衝撃は笑みを誘った。渡船場で再びメコンを渡り、バスは順調にサイゴンへ向かって走る。バス停がところどころにあるが、それぞれのバス停はわれわれにはそこがどこかは皆目見当がつかない。ただバス停界隈には商店が幾つか立ち並び、それなりに人々で賑わっていた。カントーへ向かうバスは新たに人が乗り込んで来たという記憶が全くなかったが、サイゴン方面に向かうこのバスは、バス停でぽつりぽつりと乗客が乗り込んできた。午前中に経験してきたメコンの記憶をぼんやり思い浮かべていたのだろう。いや、まるで幼児のようにほしくてほしくてたまらなかったものを手に入れ、興奮冷めやらぬ状態だったのか、はたまた放心状態だったのかも知れない。バス停で止まったバスが発車し、一速から二速へギアチェンジし、がくんと衝撃を残しながら少しスピードをあげたころだった。バスの窓からはみ出していた私の右手が大きな力で下へ引っ張られた。一瞬何が自分の体で起こっているのか分からなかったが、引っ張り込まれる力に逆らい、私は右手の拳を自分の顔の当たりまで引っ張り上げた。引っ張られるという刺激に対して、何かを考えるという思考過程は微塵もなく、本能的に手が動いた。痛みはなかった。窓の下から、バスの発車に合わせて少年が私の時計を狙っていたことを理解した。金属製の時計のベルトはロックが外れたもの、抜け落ちることはなく、腕にだらりと止まっている。彼は時計を手に入れることができなかったのだ。バスの進行方向とは逆に少年は素早く駆けて行った。小松さんはこのような状況が現実に起こるとは考えず、ここは戦争中だぞ、何が起こるか分からんぞという注意喚起の意味で「お前ら、その高級そうな時計も気を付けろ」と警告してくれたものと思うが、まるで作り話のような現実に直面し、「ここは戦場だ、何が起きるか分からないぞ、盗る方より盗られる方が悪いんだ」と、根っからの能天気な自分に、ピシリと鞭を入れた。学生達だけの力で見事にカントー一泊二日の旅を無事終え訓練センターに帰り着いたときは、小松さんはじめ周囲はわれわれ自身がほっとしたその何倍も、何倍も安堵したに違いない。ヴェトナムでの生活も指折り数えるだけとなった。

## (十三) 終戦を繋ぐ

私は一人美濃太田から岐阜方向へ車を西へ走らせ、国道一五六号に乗るとそのまま長良川に沿って北上を続けた。残暑も和らぎ深いみどりと清流が生み出す爽やかな風を頬に感じながらゆっくりと車を進めて行く。往来の車はほとんどないが、極めて慎重に超安全運転を続けている。初めて走る郡上八幡への道のりであるし、ましてや運転技術は未熟である。と言えば聞こえがいいが、へたくそだ。しかし一番大きな理由は、この道路で、昨年幼馴染が自動車事故で亡くなっているからだ。彼は高校卒業後、すぐ職に就き、マイカーを購入し、通勤にも使用していた。その日は一人で郡上踊りに出かけたという。そして深夜、帰路の途中対向車との正面衝突で帰らぬ人となった。居眠り運転だったと聞いた。そんな彼の供養を心に籠めながら、頼まれたヴェトナムのお土産を福井さんの実家に届けるために今、向かっている。実家は一五六号線に面しており、あらかじめ地図で確認しておいたから簡単に見つけることができた。

車を福井さんの実家と思しき前にゆっくりと停めた。道に沿って縁側が広くとってある。私の両親の実家も、縁側がかなり長く続いており大きな沓脱石が二つ三つあったように記憶している。縁側では、日向ぼっこしたり、外を眺めたり、新聞に目を通したり、近所の人たちが縁側に腰かけてはお茶を飲みながら世間話に花を咲かせたりと多目的な場所であったような気がする。そこではゆっくりと時が流れ、近所つき合いの潤滑油ともなり得る古来より伝わる日本建築のしつらえ、日本人の確かな知恵だ。懐かしくて柔らかい記憶に包まれ、とても穏やかな自分を感じている記憶が蘇る。車を降り、表札を確認し、開け広げてある玄関の前で、

「ごめんください」

と、一回声をかけると、家人が直ぐに顔を出してくれた。

「突然お伺いして失礼しました。私は先日、ヴェトナムで福井さんにお会いし、たまたま私の実家が福井さんの実家に近いことが分かり、福井さん本人から帰国したらこれを届けて欲しいと頼まれましたので、お届けにあがりました」

私は勝手ながら、大歓迎されるものと信じて疑わなかった。現実はその予想とは違い、家人の対応にかなり違和感を覚えざるを得なかった。恐らく八十歳に手が届こうかと思われる老婆は、福井さんの母親に間違いない。老婆は私のあいさつを受け、一瞬の逡巡から、困惑顔に変わっていった。私が行くことの連絡がまだ福井さんから届いてなかったのであろう。私はお土産を届けることは、それ以上にお土産話を届けることだと勝手に解釈していた。だからこそ訪問前までに、私が知り得る福井さんの情報を生き生きと、力強く、楽しく、私でなければ伝えられないという傑作を原稿として用意していた。老婆は私から自分の息子のことを質問するでもなく、話が進まない。私は落胆の色を隠すことができなかった。相手の態度が失礼だとか無礼だとか、迷惑そうだとかではない。私はその親子のことについて聞いてはいけない雰囲気を察知すると、咄嗟に自分の話を面白おかしくわざと大袈裟にまくしたてて、丁寧にあいさつして早々においとました。

車をUターンさせ、今来た道を反対方向にしばらく走らせ、郡上八幡の街中の水路が重なる場所に停めた。水路は雨による増水からかかなり勢いよく溢れんばかりに流れ、自然界の莫大なエネルギーを誇示しているようだ。激しくて美しい水は周りに涼感を呼び込み、実に清々しい。私は清らかではあるが激しく、なにか巨大な力を鼓舞するかのように走るその流れを見ながら、福井さんの母親や福井家のことに思いを巡らした。世間体が悪いのだ。悪いどころか、非国民と後ろ指さされるのではないか。この小さな田舎町で終戦にも関わらず、生きているにも関わらず、ヴェトナムで現地の女性と結婚し、子に恵まれ、現地で生活をしている息子。何故に帰国しなかったのか、何故に現地で家族を持たなければならなかったのか。母は会いたい、お前は母に会いたくないのか、兄弟、祖父母に会いたくないのか、故郷に戻り、共に暮らしたくないのか、と思いつつも、幸せならそれでいい、息子の幸福を望まない親はいない、その葛藤の日々が想像できる。ただ、良きにつけ悪しきにつけ情報が筒抜けの小さな田舎町、一挙手一投足が瞬時に村中を駆け巡るからこそ、息子のことを黙して語らず、私の訪問もどうしていいのやら分からず、ただただ困惑、当惑するしかなったのだと思ったとき、釈然としない気持ちが腑に落ちた。

## （十四）「しまった」

私たちの帰国後、栗山教授は、職業訓練センターの要請を受け、十一月にビエンホアを訪れた。農場の運営状況をつぶさに調査し、数多くの指導や助言をするとともに、メコンデルタの現状視察のために中西さんの案内でミト周辺を廻った。サイゴンから国道を西走する途中、政府軍と革命政府軍との小競り合いに出くわした。一目散に逃げるとき、迫撃砲弾の破片で乗車しているその車に穴があくという事件に遭遇するほど、南部も緊迫した状況になっていたが、戦闘と地元の民衆との全く乖離したものを感じていたという。それを後日このように表現している。

「何故か私には昔のばくち打ちのけんかを見ている土地の人々というような想念がふっと湧いてきたのだが、そのようなものが立ち込めているのを見た。少し離れた所では、田んぼで仕事はしているし、長距離旅行者のバスや車、トラックは停まっていてもこの土地の小型バスは全く自由に人を乗せて走っている。ヴェトナムの内戦とは一体何なのか。極めて不可解な実態を弾の飛ぶ戦闘という実践地ではっきり見せてくれた」

栗山教授の帰国後直ぐの十二月上旬、全国放送のニュースは、中西さんと思われる日本人二人が、戦闘に巻き込まれ一人即死、もう一人が重傷という速報を流した。その知らせを受けて、栗山教授は心の底から「しまった」と叫んだという。われわれはもちろんのこと日本国中を震撼させたこのニュースの顛末は、十二月十三日の死亡、重症の一報から年をまたいで、一月十七日の二名とも無事解放の報道で日本中を安堵させた。

十二月七日、中西さんは日本人の知人と二名でバオロックの養蚕試験場で作業をしていたところ、現地試験場職員が、解放軍が難民をバオロックまで移送しているという情報をもらった。その詳細を知るために町まで出かけると、たまたま出くわした試験場職員から解放軍が侵攻しているので直ぐにでもサイゴンへ帰ったほうがいいと助言される。いつもとは違う異常な雰囲気を察し、午前十時には二人でバオロックを出発し国道二十号でサイゴンを目指した。午前十一時にロンカアンという村に着いたが、政府軍兵士が停止を命じ、バスやトラック等数百台が一列に並んでいた。前方から黒煙が舞うのがいやでも目に入る。これから先の移動はどうなるものやら分からない状況だった。いつまでたってもサイゴン方向への移動は許可が下りる気配はない。勝手知ったる国道二十号。サイゴン、バオロックを数え切れないくらい往復している。今日のサイゴン行きはあきらめ、少し戻った村に親しい農家があるのでそこを頼りに、その村で一泊することができた。翌日はとりあえずロンカンまで車を走らせ、戦闘が続いていればバオロックに戻ろうと車を進めた。するとロンカンに差し掛かろうとする直前、坂を上り切った地点で視界が広がると、道路にバリケードが張られ、解放軍の兵士と思しき迷彩色に身を包んだ少年達が銃口を車に向け立っている。ものものしい雰囲気に若い兵士の興奮が渦巻き、一触即発とはこのことかもしれないと咄嗟に感じ、途方に暮れている場合じゃない、とにかく落ち着けと自分に言い聞かせたそうだ。ゆっくりと車を進め、バリケード前に車を寄せ、停車した。バオロックでは解放軍にもナカニシの名前は知れ渡っていたが、ここではそうはいかない。兵士の目は獲物を狙う猛獣のようにギラギラ黒光りしている。

「落ち着け。落ち着け」

大使館の証明書を取り出すと

「私は日本人で、バオロックの農村で養蚕指導をしている専門家です。これからサイゴンの自宅に帰るところです。彼は日本から来た友人で、ヴェトナム農業の勉強中です」

知り得るヴェトナム語を駆使し、縷々説明すると、北ヴェトナムにおいても有益な人物と判断してくれたかは怪しいが、どうやらそれに近いものと理解されたようだ。中でも上官と思われる年かさの兵隊は、醤油で煮しめたような紙に何やらメモすると、まだ十歳くらいであろうか、男の子どもを呼びつけた。その子に話をし終わるとメモを渡した。そして彼は中西さんに告げた。

「われわれは今重要な作戦中です。これからこの子が、あなた達をこの先にある解放区へ案内します。そこでのあなた達の対応はこの紙に書いておいたので、安心してこの子に着いて行ってください。この作戦が終了したら、必ず解放するので、解放区では指示に従い生活してください」

全幅の信頼が置けるはずもないが、年端のいかない子どもの案内は、若干ではあるが氷が溶けるように緊張の塊がトロリと解けた。それから解放区での軟禁生活が始まり、一カ月余り続くことになった。その間、農業の手解きは、随分解放軍との距離を縮めるという予期せぬ人間同士の触れ合いがあった。そして作戦が終了したのであろう、約束どおり二人は解放された。

「しまった」の真意は何だったのか。今までに教授の慌てふためく姿を目にしたことがない。常に冷静沈着で、何があっても骨太で論理的な姿勢はとても威厳があり、神々しささえ放っている。教授自身自ら政情不安定な外国を訪れ、農業指導の実践者として活動を続け、危ない橋を何度渡ったことか。「しまった」は何か。師の教え、いや師を超えるほどの活動に邁進する人物を失ったことか。中西さんの夫人、幸福に満ち溢れた子どもの顔がよぎり、その早すぎる死を悼んでのことか。教え子の死そのものなのか。つい一月前に中西さんの案内でメコンデルタを回った栗山教授、そこで戦闘に巻き込まれ、自分が乗っていた車が被弾した。その厳しい現実に直面したばかりだ。しかもヴェトナム戦争という民衆と戦闘が乖離した不可解な実態。戦禍が戦闘とは関わりのない民衆を襲うのは常だ。しかしこの戦争とは異様にかけ離れた民衆を実感し、それが栗山教授にある種の緊張感を弛緩させたのか、戦争に対する心の隙間を作ってしまったのか、何故被弾というあれだけの経験をしながら、中西さんの今後の活動方法に対する助言をしなかったのか、それらがぐるぐる駆け巡り、常軌を失するほどの衝撃を与えたのではないのか。

「しまった」

アメリカ軍が撤退し、弱体化した南ヴェトナム軍は北部を占領され中部も奪われていた。北ヴェトナム軍はラオスやカンボジアのホーチミンルートから攻撃部隊を送り込み、南部制圧も時間の問題であった。

年が明けると、南北ヴェトナム情勢の変化はさらに加速した。不穏で緊迫した情勢下、訓練センターの日本人も緊急帰国を促され、農場や事務引継ぎをする間もなく、メンバー全員が半ば強制帰国の状況だ。その時はとにもかくにも一時避難という認識であったが、結果的には日本人スタッフが逃げ帰ったと誤解されても致し方ない状況であった。その後、三月十日に北ヴェトナム軍による全面攻撃、所謂ホーチミン作戦が始まるや、三月二十六日にフエ、二十九日にはダナン、四月二十一日にサイゴン東部スアンロクを次々と陥落。二十八日にはカントー、ビエンホア、ブンタウ、タンソンニャットを占領。三十日にはついにサイゴンが陥落し、戦争の終結を見た。

二〇一四年　夏

「はい、こちらは高校進学相談所です」

「もしもし、私、世界教育福祉財団の松田と申します。私どもでは活動の一つとしてアジアの難民の支援も行っています。現在、ネパール人で、日本の高校へ進学したいという青年がいるのですが、公立の高校へ進学することはできるのでしょうか。もし、できるならばどのような条件で、どのような手続きが必要になるのか、教えてほしいのですが、この電話で大丈夫ですか」

「分かりました。まずは、その青年が、ネパールでも日本でもいいのですが日本の義務教育に相当する九年間の課程を修了していることが条件となります。そして日本における高校入学年齢、すなわち十五歳に達していること。更に全日制高校希望であるなら保護者と同居していることです。定時制課程だと保護者と共に居住するという条件は必要ありません。その他国籍や入国年月日等で応募や受検方法に特別な措置が認められる場合がありますが」

「ありがとうございます。大筋は分かりました。もし、彼が九年の課程を修了していなければどうなりますか」

「そうですね……、彼の年齢にもよりますが、仮に日本の中学生年齢に相当していれば、日本の中学校に入ることができます。中学校年齢を過ぎているならば、学校は極めて限定されますが、中学の夜間学級に入るということも考えられますし、あるいは文部科学省が実施している中学卒業認定の資格をとるなどの方法がありますね。その青年は何歳ですか」

「ごめんなさい、正確なところは把握していません。これについては確認します。あー
それと、例えば高校選びについて、英語で解説した資料などはありますか」

「はい、ありますよ。英語の他には、中国語、韓国語での資料があります。こちらから
そちらへ送付することもできますが」

「分かりました。本人とよく相談します。また連絡してもよろしいですか」

「分からないことがあれば遠慮なく何度でもお電話してください。直接こちらに来ていただいて資料等見ながら相談することもできますよ。その場合事前に予約が必要となりますが。また毎週水曜日は、英語、中国語の通訳が待機しておりますので、通訳を介しての相談も可能です。さらに日程調整が必要になりますが、必要に応じて、その他の言語も相談に応じることは可能です」

「分かりました。ご丁寧にありがとうございました」

電話を切ってから、世界教育福祉財団という固有名詞に何か引っかかりを覚え、「世界教育福祉財団、世界教育福祉財団」と二度呟いた。

この単語が、執拗にこびりつき、頭から離れない。あまりのしつこさに、世界教育福祉

財団で検索してみると、その財団はホームページを開設していた。そのトップページを開くと見出しの文字が整然と並んでおり、そのヘッドラインを素早く追いながら、「当財団のあゆみ」の行で目を止めた。そのページを開き、斜め読みするようにいくと、みるみる四十年前の記憶が、タイムスリップしたかのように蘇ってきた。呼称は変わったものの、我々がヴェトナムで支援活動していた団体が、設立趣旨をさらに充実・発展させ連綿と存続していることに、心から感服するとともに目頭が熱くなった。私は周りに気づかれないように、ハンカチで汗を拭うようなしぐさで、額を撫でてから、そっと目を押さえた。

四十年前は、ただただ若さと体力を武器に、イデオロギーを乗り越えた世界平和を標榜し、食料生産技術を基軸とした援助活動の必要性を声高らかに叫び、額に汗して活動していた自分が蘇ってきた。目頭が熱くなったのは、果たして教育財団の活動に感服したからなのか。それともあの頃の純粋無垢で一途だった思いを、大学卒業後はあっさりと捨て、違う道を歩んだ罪悪感なのか。あるいは自分自身への屈辱感か。

四十年前も、多くの外国人が日本の大学で留学生として学んでいた。特に私の在籍していた学科は発展途上国への農業技術援助について研究・実践している特殊性からか、周りには多くの東南アジアからの留学生がいた。しかも、知り得る限り留学生は、みんな裕福そうに見えた。その時の留学生の多くが、帰国後は、母国の食料生産のみならず経済発展に尽力していることを想像するや、あたかも自分の夢が達成されたかのように自分勝手な錯覚を覚え、また目頭が熱くなった。最近は、歳を重ねたせいか、妙に涙腺が緩む。特に琴線に触れたとたん、完璧に涙腺の筋肉が弛緩する。油断すると読書中、公衆の面前でも嗚咽がでるほどである。

「現地に飛び込んで、現地の人々と共に汗を流し、開発支援を実践することこそ尊いと思いこんできたが、それを実現することができなかった。あの時のお前の気持ち、意志は本物ではなかったのだろう。いや、農業高校の教員として、形こそ違えども、日本あるいは、世界のどこでもいいじゃないか、将来の農業人としてリーダーになる人材をここ日本の地で育成してきたじゃないか。現実に発展途上国で活躍している教え子もいるじゃないか。お前自身ができなかった発展途上国での農業支援活動を、日本の若者達が海外で活動できるようそんな人材育成に尽力してきたではないか。自分自身を罪悪感などという言葉で責めなくてもいいじゃないか。いやそれは自己を正当化しているだけだろう」とまたまた葛藤が渦巻いている。

大学を卒業してから、何もせず、ぶらぶらしていた。経済的に恵まれた家庭でもない。そんな私に両親は、小言の一つも言わず、むしろ平然としている姿を目の当たりにすると、今までの傲慢さがブーメランのように自分自身の心の奥を突き刺してくる。両親は世間体の悪さ、恥ずかしさを何も言わず寡黙を貫き辛抱しているんだろうなと感じつつも、自分への何の根拠もない自信からある種の安心感を保っていた自分がいる。しかし、その安心感は何もできないでいる自分自身からの逃避だ。一端の社会人にならなくては。そんな時、即採用するという教員採用試験にたまたま遭遇した。まさに遭遇だ。幸運にも教員採用試験に合格し、定年まで勤め上げることができた。定年退職後は高校教員の経験を生かし、高校入学の教育相談員として、勤めている。私が高校教員になったあの頃と、現在の大きな違いは、外国人で高校生相当年齢の子を持つ親が日本での生活を求めて一家で来日することが激増したことだ。国は様々だ。最近はヴェトナムからもよく相談を受ける。

「イデオロギーを超越した世界平和の創造」「餓死者の撲滅」「寛容な社会の創造」

あれから四十年。世界は大きく変わった。かつて発展途上国と言われた国々、現在は新興国として、特に東南アジア諸国の成長・発展は著しい。まるでみんなが豊かな生活を手にいれたかのようだ。

しかし、日本こそ少子高齢化、人口減少問題を抱えているものの、世界の人口は膨らみ続け、現在でも一日に四万人という多くの人々が餓死しているのが現実だ。世界の九人に一人が飢餓状態である。

冷戦という言葉は使われなくなったし、東西の壁が民衆の手で取り壊されて久しい。

しかし、内戦やテロが蔓延し、聖戦の名の下にむごたらしい殺戮が繰り返されている。「イデオロギーを超越した世界平和の創造」「餓死者の撲滅」「寛容な社会の創造」という音が何故か他人事のように、ぼんやりと私の鼓膜を揺らしていた。

●著者

**後藤　哲**（ごとう　さとし）

1953年　岐阜県生まれ。

1976年　東京農業大学農学部農業拓殖学科卒業

**キャッサバの大地**

2020年12月１日　　初版第１刷発行

著　者　後藤　哲

発行所　一般社団法人東京農業大学出版会

代表理事　進士　五十八

〒156-8502　東京都世田谷区桜丘１－１－１

TEL　03-5477-2666　FAX　03-5477-2747

http://nodai.ac.jp

印刷・製本　共立印刷株式会社



ISBN 978-4-88694-507-5　C0093　¥2000E